冷酷的代課老師

東野圭吾——著
王蘊潔——譯

第一章

6×3

1

我睡得正香甜，卻被鬧鐘鈴聲從夢境的世界拉回了現實。心情沉重的一天開始了。

我慢吞吞地下了床，穿著睡衣準備早餐，但並不是一大早就吃大餐，只是烤片土司，煎個荷包蛋，再泡杯咖啡而已。如果我有老婆，應該就不必自己動手了，可惜我還是孤家寡人，也沒有未來可以成爲我老婆的女人，也就是連女朋友都沒有。即使有女朋友，現在的我也沒能力養活她。

我在三坪大的狹小房間內吃著簡單的早餐，看電視的晨間節目確認了今天的日期。很遺憾，今天果然是九月二十日。憂鬱的一天又開始了，而且天氣還放晴。這一陣子難得都是好天氣，話說回來，如果心情這麼惡劣，又遇到下雨，那就更慘了。至少天氣沒有背叛我。

吃完早餐，刷了牙，洗完臉後換了衣服。今天應該和昨天一樣悶熱，雖然明知道這件事，但還是得穿上熱得要命的西裝，而且還要繫上領帶。眞是受夠了。

從今天開始，我要去一文字小學代課，當五年二班的導師。原本的班導師從今天開始請產假，所以找到我這個代課老師。照理說應該是值得高興的事，可惜我天生討厭工作，即使沒錢，也想做自己喜歡的事。而且我根本不喜歡老師這個工作，我在大三的時候才知道別人早就開始找工作，所以慌忙改變了方向。

代課老師——聽起來就不怎麼樣。看來做這份工作並不是長久之計。

一文字小學是舊城區內的一所又小又老的學校，學校旁邊就是一家神社。我到學校後，先在辦公室內向教務主任打了招呼。教務主任姓林田，長得像蜥蜴。

「你心情放輕鬆，村山老師是一個無拘無束的人，學生也都習慣了。」林田主任和我說話時，不停拔著鼻毛。

村山就是這次請產假的老師，我很想對他說，是你才無拘無束吧，但我當然不可能說出口，更何況我也不打算賣力工作。只要混完這段日子，別有麻煩找上我就好。

之後，林田主任把我介紹給五年級的學年主任和其他老師，我不停地向他們鞠躬打招呼。我當然知道新人要先拜碼頭，只不過這些老師的名字我連一半都沒記住，反正他們也不會記得我。等村山老師休完三個月產假，我們一輩子就不會再有交集。代課老師和契約工差不多，沒必要和他們太熱絡，反正他們也不會爲我舉辦歡迎會。

向所有的老師打完招呼後，我坐在自己的座位上。不用說，那原本是村山老師的座位，所以我可以隨便使用桌面，但打開抽屜就太不懂規矩了，更何況抽屜裡不可能有什麼好東西，我原本就沒什麼興趣。

我把上衣掛在椅背上，旁邊傳來一個聲音。「你今年幾歲？」抬頭一看，是一個四十多歲的胖大嬸，比起站在講台上，感覺更適合在超市搶購特賣品。幸好我記住了這個女老師姓濱口。

「二十五歲。」我回答說。

「是喔。」濱口老師打量著我的臉，似乎想要問什麼。

我猜想她想問，爲什麼大學畢業好幾年了，還在當代課老師？如果她這麼問，我打算回答說，因爲我的夢想是當推理作家，必須有寫作的時間才能投稿。雖然我不知道她聽了之後會以爲我在開玩笑，還是信以爲眞。

但是，濱口老師什麼都沒問，而是壓低了聲音對我說：「二班有兩個問題學生。」

「是嗎？」

「山口和齊藤，兩個都是男生。」

我確認了點名冊，看到了山口卓也和齊藤剛的名字。

「他們會欺負其他同學嗎？」

「嗯，差不多就是這樣。」

濱口老師左手托著腮，點了點頭。她的手曬得很黑，只有無名指的指根很白。

「聽村山老師說，有好幾個同學都被他們欺負。」

「既然已經知道了，卻沒有阻止他們嗎？」雖然這也不是什麼新鮮事。但我把後半句話嚥了下去。

「村山老師當然說過好幾次，但他們不是會乖乖聽話的孩子。」

「原來是這樣。」看來剛才教務主任的話不可信，「我會注意，謝謝妳的忠告。」

「不要太勉強，反正只要順利撐過三個月就可以了。」她對我露出微笑。

我點了點頭，即使不需要她提醒，我也完全無意勉強自己。

鈴聲響了。終於要上第一節課了。我繃緊了神經。

2

來到五年二班的教室附近，就聽到教室裡傳來吵鬧聲。那些猴子在大鬧天宮——我嘆了一口氣，打開了教室的門。在教室裡跑來跑去的學生一看到我，慌忙坐回了自己的座位。因爲從來沒見過我，所以臉上露出驚訝的表情。全班學生在座位上坐定之後，都目不轉睛地打量著我。

根據以往的經驗，我知道這個瞬間有多麼重要。如果這時候給他們看好臉色，這些目中無人的猴子再也不會聽我的話。

我簡單地自我介紹後，立刻開始點名。我完全無意開玩笑逗他們發笑，也不需要他們喜歡我。這些小鬼都露出失望的表情。活該！

山口卓也和齊藤剛坐在最後一排，他們並沒有坐在一起，中間還坐了一個名叫永井文彥的男生。我注意到點名的時候，山口不停地找永井說話。看來這三個人是一夥的。

第一節是國文課。今天上的是夏目漱石的小說。我點了山口的名字，叫他站起來朗讀課文。山口立刻瞪著眼睛說：

「村山從來不叫我們這麼做。」以五年級的學生來說，他的聲音很粗，站起來後，發現他比其他學生高大。

「不可能吧。」

我回答說，山口嘟著嘴，看著周圍的同學說：

「從來沒這麼做，大家說對不對？」

猴王一聲令下，周圍的小猴子都紛紛點頭。

我覺得這些小傢伙全都是山口的跟屁蟲。

「是嗎？但我會要求你們朗讀課文，因爲現在我是你們的班導師。好了，廢話少說，趕快讀吧。」

山口狠狠瞪著我，如果是膽小的老師，搞不好會被他瞪得心裡發毛，但我迎著他的視線。我可不能讓這種小鬼看扁了！

山口終於放棄抵抗，開始朗讀課文。果然不出所料，他讀得結結巴巴，我糾正了他好幾次，山口每次都用力瞪我，我根本不把他的挑釁放在眼裡。

可能是一開始制伏猴子王的策略奏了效，第一天的課順利上完了。那些小鬼一定熱切希望性格溫順的村山老師早點回來學校上課，也許他們回家之後，會向母親告狀說，新來的代課老師態度很惡劣。如果家長眞的到學校抗議，到時候再說就好。我做了該做的工作，不可能因爲太嚴格就被開除。

當我離開學校時，發現天空中烏雲密布，還沒走到車站，一滴雨就打在了臉上。

第二天從一大早就下著雨。看來老天爺也不願意連續兩天都給我看好臉色。我到學校時，雨雖然變小了，但操場上有許多水窪。我忍不住皺起了眉頭。眞麻煩。

第一節是體育課，原本要在操場上跑五十公尺。我打算請教濱口老師，遇到這種情況該如何處理，但走進辦公室，仍然不見她的身影。我坐在自己的座位上等待她的出現。

沒想到上課時間快到了，濱口老師仍然不見人影。

「濱口老師今天請假嗎？」學年主任的男老師也看著濱口老師的座位，偏著頭感到納悶。

我向學年主任請教了體育課的事。

「喔，那可以讓學生去體育館玩躲避球。下雨天通常都這麼做。」學年主任說。

「器材都在體育館內嗎？」

「對，體育館內有器材室，器材全都放在裡面。呃，你知道鑰匙在哪裡嗎？」

「知道。」

我走去五年二班的教室，學生已經在換運動服了。聽到我說今天要玩躲避球時，幾個人高興地拍著手。山口和齊藤也在其中，猴子都愛玩球。

我回到辦公室拿了鑰匙，然後走去體育館。體育館就在校門旁，平時也作爲禮堂使用。我打開了體育館的門，讓學生走進去。裡面一片漆黑，但似乎有人開了燈，燈很快就亮了。

這時，發生了奇怪的事。學生都站在門口，不願走進去。

「喂，怎麼了？你們站在這裡不動，後面的人不是都被堵住了嗎？」

站在前面的一個女生聽到我的話，轉頭對我說：

「老師，有人倒在地上。」

「啊？」

我撥開學生往前走，的確有人躺在體育館中央。我慌忙跑了過去。

躺在地上的是濱口老師。我正想抱起她，但立刻把手縮了回來。
她的胸口被鮮血染紅了，而且有一把刀子刺在她的胸口。
「是凶殺。」我小聲嘀咕道，同時發現屍體旁放著奇怪的東西。那是記分板上使用的數字板，數字是6和3，在兩塊數字板之間，捲在一起的紅白色旗子擺成了「×」字形。

3

姓根岸的刑警從附近的警察分局來到現場，他其貌不揚，說他是警察，我覺得他更像是要被警察抓的壞人。年紀大約四十歲左右，結實的身體四四方方，一張四方臉也很大，看著我的一雙小眼睛中，有一種觀察入微的冷漠。

他在體育館角落向我瞭解案發當時的情況。體育館內的跳箱剛好可以當椅子坐，學年主任和教務主任也坐在我旁邊，他們的臉色都很差，教務主任連禿頭都變得鐵青。

刑警根岸聽我說明發現屍體的經過後，皺著眉頭，用原子筆的筆尾搔著頭。

「關於數字板和旗子，你有什麼看法？」

「什麼看法？」

「發現屍體的時候，就已經是那個狀態吧？」

「我剛才已經說過了。」

「我知道，所以，平時這些東西並不是一直放在外面，對不對？」

「應該吧。」我看向教務主任，「我昨天剛來這所學校，所以無法斷言。」
「平時都放在器材室裡面。」教務主任慌忙說。
這名刑警噘著嘴，皺起了眉頭。
「那到底是什麼？」
「六乘以三。」我說。
「啊？」刑警瞪大了眼睛，「你說什麼？」
「我說是『6×3』，交叉的旗子看起來不是像數學的乘號嗎？」
「喔喔，」根岸摸著下巴，似乎終於理解了，「聽你這麼一說，還眞的是這樣，『6×3』有沒有讓你想到什麼？」
「沒有。」我立刻搖了搖頭，「我只是說，看起來很像。」
「兩位主任呢？」刑警輪流看著教務主任和學年主任問道。
但兩位主任默默地搖了搖頭。
刑警嘆了一口氣後說：
「我不認爲沒有意義，可能是遭到殺害的濱口老師想要傳達什麼。」

「所以是死前訊息。」我說出了在推理小說中經常看到的名詞。

根岸露出不悅的表情，可能想要表示不要把現實生活中發生的事件和小說混爲一談。

「對了，你有沒有去過器材室？」他指著體育館另一端的角落問我。

在體育館內使用的各種運動器材似乎都放在那裡，但我來這所學校才第二天，還沒去參觀過。我如實告訴了刑警。

「所以，你並不瞭解裡面的情況。」

「裡面怎麼了嗎？」教務主任問道。

「有點異常，你們可以過來看一下。」

聽到刑警這麼說，我們都站了起來。有幾名警察在器材室走進走出。

我跟在根岸身後走了進去，立刻叫了起來：「哇！」

「是不是慘不忍睹？」根岸回頭對我說。

器材室內眞的慘不忍睹。我最先看到破碎的乒乓球，好像打破的雞蛋殼一樣散落在地上。足球和躲避球也都被刀子割開，原本放在架子上的羽毛球，羽毛也都被拔了下來，丟在地上。

「這是怎麼一回事？」站在我身旁的學年主任小聲嘟噥著。

「昨天之前，應該不是這樣吧？」

刑警問道，學年主任和教務主任一起點著頭。

「所以說，這也是凶手所爲。」根岸抱著雙臂巡視室內，自言自語地說道。

「眞傷腦筋。」教務主任也在我身旁嘀咕道，「買齊這些器材，不知道又要花多少錢。」

我忍不住看著教務主任的蜥蜴臉。一名教師被人殺了，他竟然只關心體育器材的預算超支問題。

這時，一名年輕刑警走了過來，在根岸耳邊小聲說了幾句話。根岸點了點頭說：「我馬上過去。」然後看著我們說：

「濱口交三先生來了，要不要去打一下招呼？」

「濱口交三先生？」教務主任偏著頭。

「濱口老師的先生。」

「喔。」教務主任點了點頭，看著學年主任和我說：「那我去打一下招呼。」

太好了。我心想道。去參加葬禮時，我向來很不擅長對遺族說一些哀悼的話，更何況遇到眼前這種情況，眞不知道該用什麼表情面對家屬。「那就拜託了。」我和學年主任一起鞠躬。教務主任認爲如果不在這種時候彰顯一下自己的身分，可能會被其他老師看不起。

我和學年主任走出器材室，走向體育館出口。根岸和教務主任走向我們剛才坐的跳箱，有一個穿著棕色西裝，戴著金框眼鏡的男人坐在那裡，周圍有幾名刑警。那個男人用手帕捂著臉放聲大哭著。我猜想這個人應該就是濱口交三。

4

這一天，一文字小學當然無法正常上課。因爲警察在校園內走來走去，電視台的人也不知道從哪裡得知了消息，聚集在學校周圍。那些笨學生見狀，興奮地議論紛紛。

學校舉行了臨時教職員會議，要求老師正常上課，但在眼前這種情況下，根本不可能讓學生安靜下來。每次窗外有動靜，教室內就陷入一片騷動，根本沒辦法上課。

幸好午休時，大部分警察都離開了。校長可能對媒體說了些什麼，那些記者也總算離開了。

吃完營養午餐，我正在辦公室準備下午的課，聽到其他老師在談論這起命案，其中不乏有助於瞭解案情的事。

姓山田的男老師是最後一個看到濱口老師的。昨天晚上八點左右，他們一起離開辦公室，但只有一起走出校舍而已，濱口老師突然說：「我雨傘忘在體育館後方」，所以走去體育館。昨天放學後，她去巡視體育館後方的花圃，當時帶了雨傘。我想起昨天的天氣，傍晚之後，小雨時下時停，的確很容易忘記雨傘。

問題在於濱口老師爲什麼會走去體育館內。如果只是去體育館後方拿遺忘的雨傘，根本不需要走進體育館內。而且，她如何走進體育館也是一個謎。因爲放學之後，體育館的門鎖了起來，但對於這件事，已經有了推論。因爲體育館後方的玻璃窗被打破了，濱口老師的鞋子和雨傘就在窗戶下面。

濱口老師不可能打破窗戶玻璃進去體育館，那到底是誰打破的？很可能是凶手所爲。警方認爲很可能是濱口老師去拿雨傘時，發現窗戶玻璃被打破了，於是進入體育館內，察看是否有異狀。因爲入口的門鎖著，所以她不得已，只能從窗戶進入。

凶手爲什麼不惜打破玻璃，也要進入體育館？到底想要在體育館內做什麼？根據現場的狀況，顯然是爲了破壞運動器材，但在破壞時被濱口老師發現，所以在衝動之下殺了她，然後逃走——目前警方如此推論。

但是，到底是誰、爲了什麼目的把器材室弄得亂七八糟？警方對這個問題還毫無線索，那些正在談論案情的老師也猜不透。

第五節數學課，我決定隨堂考。學生不出所料地抱怨著，有人要求我談一談濱口老師的事件，但我沒有回答，也不理會他們。最近受到電視和遊戲的影響，越來越多小鬼即使聽到凶殺案，也沒有眞實感，反而刺激了他們的好奇心。

學生在考試時，我時而坐在講台的椅子上，時而站在窗邊觀察這些學生。聽說有些正規的老師會在這種時候打瞌睡，但我們這些代課老師不允許有這種行爲。如果是正規的老師，學校方面會出面袒護，但如果相同的情況發生在我們身上，就會馬上被開除。一旦出現負面傳聞，以後也許就無法再接到代課的工作。雖然我討厭工作，但眞的接不到工作也很傷腦筋。

開始考試後十分鐘左右，坐在後方的山口卓也和齊藤剛出現了奇怪的舉動，顯然在作弊。他們以爲我在看窗外，沒注意到他們，但他們不知道，我像變色龍一樣，可以用眼角的餘光看人。至今爲止，我已經用這項特技當場逮到好幾個作弊的笨學生。

山口他們的作弊方式很低階，只是偷看坐在他們中間的永井文彥的答案。山口和齊藤在一旁小聲說話，永井就會出示答案，讓他們抄。永井的功課似乎還不錯。

我若無其事地慢慢走到後方，山口和齊藤立刻安分了。我站在他們三個人身後，看了他們的答案。果然不出所料，三個人的答案完全相同，而且連錯的地方也完全一樣。

三個人都很緊張，可能知道作弊被發現了。我思考著該怎麼收拾他們，如果只是把他們叫去辦公室罵一頓太無趣了。

我正在想這件事，有什麼東西掉落在我的腳下。是永井的橡皮擦。我彎腰撿了起來。就在這時，我看到永井的長褲摺口處有一個白色的東西。原本以爲是紙屑，但並不是。

就在這個剎那，一個念頭閃過我的腦海。我把橡皮擦放在永井的桌上，用全班都可以聽到的聲音說：

「接下來第六節課補上第一節的體育課，值日生記得準備躲避球。」

可能是因爲冷漠的代課老師突然說了意想不到的話，學生都沒什麼反應。他們滿臉不安地互看著，似乎懷疑其中有詐。

「怎麼了？你們不想玩躲避球嗎？」

我問道，坐在最前排的學生問：「眞的可以嗎？」

「對啊，所以值日生記得做好準備。」

停頓了一下，立刻聽到了學生的歡呼聲。我看向山口他們，坐在山口和齊藤之間的永井垂頭喪氣。

5

雨已經停了，我要求學生第六節課時換好運動服，去屋頂打躲避球。午休的時候，學年主任告訴我，如果只是讓學生做輕微的運動，可以去頂樓露台，而且業者已經在下午送來新的足球和躲避球。

第六節課的鈴聲響起，但我並沒有立刻去頂樓，仍然坐在辦公室內自己的座位上。聽學年主任說，玩躲避球不可能發生什麼意外，所以很多老師都會讓學生自己玩，老師利用這段時間做其他事。聽說遭到殺害的濱口老師就經常這麼做，如果是平時，我一定跟著這麼做，但今天的情況不一樣。

十分鐘後，我站了起來，沿著樓梯走到校舍的頂樓，將通往露台的門打開一條縫。學生看起來玩得很高興，相互吆喝著跑來跑去，也有笑聲傳來，但仔細一看，發現他們並不是因爲玩躲避球而感到高興。

全班分成兩隊比賽，其中一隊只剩下永井文彥一個人，但山口卓也率領的敵隊一直不用球丟他，而是在同隊隊員之間傳球，讓永井跑來跑去。即使永井故意站在可以被球丟到的位置，他們也不丟他。

不一會兒，永井那一隊的隊長齊藤大聲地說：

「喂，永井，你爲什麼停下來？如果故意被丟到，就要處罰你。」

永井已經精疲力竭，但聽到齊藤這麼說，繼續跑了起來。其他人見狀，都哈哈大笑起來。

我果然沒猜錯——

我打開門，走了出去。學生都轉過頭看著我，露出驚訝的表情。他們以爲我和其他老師一樣，也不會上來管他們。

我從學生身邊走過去，走向永井文彥。

「你爲什麼不反擊？你是他們的玩具嗎？」

但是，永井什麼都沒說，只是低著頭。

「算了，我找你有事，你跟我來，其他人繼續玩躲避球。」

我把手放在永井的肩上走了起來，但立刻停下腳步，轉頭對那些學生說：

「你們太差勁了。」

聽到這句話，大部分人都低下了頭，但山口卓也和齊藤剛不以爲然地把頭轉到一旁。

遇到這種壞學生，似乎無論說什麼都是白費口舌。這也難怪，以前就有這種學生，因爲無法讓他們改邪歸正，所以社會上到處都是一些腦袋不靈光的大人。反過來說，這些小傢伙只是看著那些腦袋不靈光的大人有樣學樣而已。只要大人的社會存在偏見和歧視之類的霸凌現象，小孩子之間的霸凌就不會消失。

我把永井帶去教室。男生都把衣服丟在各自的桌子上，女生因爲都在專用的更衣室換衣服，所以教室裡沒有她們的衣服。

「你因爲不喜歡大家這麼對待你，所以才偷偷溜進器材室嗎？」我問永井。

永井一臉驚訝地抬頭看著我。

「你是不是偷偷溜進器材室，把球都割開，然後把裡面弄得亂七八糟？」

「不是我……」他否認的聲音小得好像蚊子叫。

「你裝糊塗也沒有用，我有證據。」

我拿起永井放在桌上的長褲，手指伸進褲腳的摺口，把掉在摺口裡的白色東西拿了出來。

「你看，這是羽毛球的羽毛，器材室內，羽毛也散落了一地。如果不是你幹的，爲什麼褲子上會有這種東西？」

永井張大了眼睛，他的臉漲得通紅，眼淚漸漸在他眼眶中打轉。

「是不是你溜進了器材室？」我用根本不像我發出的溫柔聲音再度問道。

永井用力點了點頭，然後低著頭，語氣沉重地說了起來。

我猜得沒錯，永井文彥並不是那些霸凌者的朋友，而是被欺負的對象，帶頭欺負他的當然就是山口和齊藤，他之所以像三明治一樣被夾在他們兩個人中間，也是因爲他們欺負起來更方便。

但是，並不是只有那兩個人欺負永井，班上的其他學生也聽從那兩個人的命令，一起欺負永井。因爲一旦不聽從命令，自己很可能淪爲被欺負的目標，所以誰都不敢反抗。

打躲避球時的霸凌就是其中一例。案發當天晚上，永井想到第二天下雨，體育課就會玩躲避球。爲了逃避玩躲避球，他想到把所有球都割破。也就是說，永井打破了體育館的玻璃窗。他之所以把器材室弄得亂七八糟，也是因爲他想到如果只割破躲避球，別人會知道是他幹的。雖然他還只是小孩子，卻想到要動這些手腳。

「但是，當我準備走出器材室時，聽到外面有說話的聲音，而且好像在吵架。我擔心被人發現，所以就躲在器材室。不一會兒，外面安靜下來，我走出來一看，看到有人倒在地上，而且流了很多血。」

「那個人就是濱口老師。」

「我嚇壞了，想要逃走。因爲我以爲老師……我以爲濱口老師已經死了。」

「但其實她還沒有死。」

「我看到老師的身體稍微動了一下，知道她還活著。我問她要不要找人來，但老師什麼都沒回答。」

我猜想濱口老師不是什麼都沒回答，而是無法回答。雖然很少有人知道，其實人在說話時，需要耗費不少體力。

「但是，老師用右手的手指在地上寫字。我張大眼睛仔細看……」

「老師寫了什麼？」

「六乘以三……老師寫完之後，就癱在地上，一動也不動了。我看不懂那是什麼意思，原本想直接逃走，但又想到老師可能寫的是什麼重要的事，不能就這樣離開。」

他看到屍體，應該嚇得腿都軟了，幸虧他改變了主意。我不由得感到佩服。

「所以你就把記分板上的數字板和旗子放在那裡。」

「因爲我沒有紙筆，想不到其他方法，但我想只要那麼做，有人就會知道老師想要說什麼……」

「原來是這樣。」

我站在黑板前，用粉筆寫了『6×3』。

「不知道是什麼意思？難道在想數學問題嗎？」

永井搖了搖頭。

「應該不是數學。」

「是喔，你爲什麼這麼覺得？」

「因爲濱口老師並不是這樣寫的。」

「那是怎麼寫的？」

永井走到我身旁，拿起粉筆，然後直著寫下了『六×三』。

「是這樣寫的。」

「是喔，是六乘以三，原來寫的是中文大寫數字，這麼看來，應該和數學沒關係。」

「但我在器材室找不到中文數字，所以就用了阿拉伯數字的『6』和『3』的牌子。」

「原來是這樣。」

我再度看著黑板上寫的文字，在嘴裡小聲唸著：「六乘以三。」下一刻，我大笑起來。永井一臉驚訝地抬頭看著我。

「別擔心，我沒有發瘋，只是因爲太巧了，我覺得很有意思。原來是六乘以三，眞是太妙了。」

「這是怎麼回事？」

永井一臉狐疑的表情，我低頭看著他，露齒一笑說：

「我破案了。」

6

在我從永井文彥口中聽說『6×3』的翌日，濱口交三坦承自己犯案。警方也開始懷疑濱口交三，因爲他沒有明確的不在場證明，以及濱口老師身上有他的毛髮，但妻子身上沾到丈夫的毛髮並不算太不自然的事，所以警方也無法立刻逮捕他。

正因爲如此，永井文彥的證詞就十分重要。因爲當刑警一說出死前訊息所代表的意思，濱口就立刻認罪了。

濱口交三說，他們夫妻之間正在談離婚。離婚的原因是因爲交三外遇。濱口老師要求他支付一大筆贍養費。聽到這件事，我立刻想起濱口老師無名指的指根特別白，似乎是最近才拿下婚戒。

那天晚上，交三在學校附近埋伏，他打算找理由讓濱口老師坐上他的車子，然後載到荒郊野外動手殺人。他一方面不想支付贍養費，而且也不願放棄登記在濱口老師名下的房子。他們住的房子原本是濱口老師父母的財產。

沒想到濱口老師和同事道別後，走向體育館。濱口交三見狀，立刻跟在她身後。

當時，永井正在體育館的器材室內大肆破壞，濱口老師發現窗戶玻璃被打破了，於是就從窗戶爬進體育館，察看裡面的情況。

濱口交三也跟著爬進體育館。體育館內黑漆漆的，他想到如果在這裡動手，在第二天之前，都不會被人發現。

濱口老師發現有人跟著她走進體育館，驚叫了起來。當她發現是丈夫時，開始大聲叫喊。她應該察覺到生命有危險。

濱口交三決定動手。他拿出預藏的刀子，發了瘋似地攻擊妻子。

他錯就錯在沒有確認妻子確實已經死亡，更沒有料到器材室還躲了一個人。

「沒想到凶手是她老公濱口交三先生。」教務主任嘆著氣，即使已經知道對方是凶手，竟然仍尊稱對方「先生」。

我正在校長室。我去警局說明『6×3』的意思時，刑警告訴了我詳細的情況，所以我一回到學校，就被叫到校長室報告情況。

「六乘以三到底是什麼意思？」教務主任問。

「那不是六乘以三，」我說：「濱口老師寫下了凶手的名字。」

「凶手的名字？」

「濱口老師是這麼寫的，」我用原子筆在校長桌上的便條紙上寫下了『交三』兩個字，然後拿給校長和教務主任看，「這是凶手濱口交三的名字。」

教務主任和校長幾乎同時張大了嘴。

「我想你們應該知道了，把交這個字拆開，就變成了六和乘號，下面又是數字三，所以永井以爲是六乘以三。」

聽到我的說明，教務主任抱著手臂，沉吟了一聲說：

「嗯，原來是這樣。聽你這麼一解釋，就覺得很簡單。如果永井沒有看錯，就可以更早破案。」

「永井當時也很緊張。」

「也許是這樣，但不是交通的『交』字嗎？他是五年級的學生，怎麼可以不認得這個字？」

我聳了聳肩，忍不住想要反問他，換成是你呢？如果看到濱口老師倒在地上，恐怕馬上就嚇得逃走了。

「要怎麼處分永井？雖然他協助破了案，但他破壞器材室這件事，必須要處罰。」校長坐在座位上，抬頭看著教務主任。

「對，當然要處分。」教務主任頻頻鞠躬。

「我認爲當務之急，」我輪流看著他們兩個人，「不是處罰的事，而是要先處理霸凌的問題，還是說，社會的觀感最重要嗎？」

他們聽到我這麼說，尷尬地陷入了沉默。

走出校長室，我不經意地從走廊的窗戶看向操場，發現幾個同學包圍了永井文彥。我以爲他又遭到了霸凌，但並非如此。

「警車裡好先進，裝了好像電腦一樣的東西，搜尋功能超強。無線對講機也和普通的不一樣，我以前從來沒見過。」

很好很好，這樣很好——我在心裡爲他加油。

第二章

1／64

1

走上階梯，轉過走廊的轉角，發現三個女生還在五年三班的教室門口聊天。上課鈴聲已經響完了，照理說，她們應該坐在自己的座位上，等老師走進教室上課，但是，那三個女生聊得口沫橫飛，根本沒有發現我走過去。我看到其中一個人手上拿著報紙，好像正在討論報紙上的報導。

「太可惜了，只差一點而已。」

「每次都覺得很有希望，但總是敗在最後關頭。」

「眞的很難啊，畢竟只有六十四分之一。」

「沒錯，六十四分之一。」

我完全聽不懂她們在說什麼，感覺並不是什麼特別開心的事，但也不是什麼嚴重的事。

「什麼六十四分之一？」

聽到我的聲音，三個人都嚇了一跳，轉頭看著我，但並沒有爲還在走廊上聊天道歉，竊笑著走進了教室。

我也跟著她們走進教室，那些在教室裡走來走去，或是坐在別人座位上聊天的學生一看到我，慌忙回到自己的座位。我站在講台上時，教室內已經安靜下來。

値日生叫了一聲：「起立！」所有學生都站了起來，隨著「敬禮」的口令，學生齊聲說：「老師早安。」接著，聽到「坐下」的口令後，所有人都坐了下來。這是一如往常的儀式。

我點了名。六月二日星期一，五年三班三十二個同學全員到齊。第一節是數學課，我向來不說廢話取悅學生，每次都馬上開始上課。學生經過上個星期後，已經瞭解了我的上課方式，雖然臉上露出不耐的表情，但還是乖乖拿出課本和筆記本。

二階堂小學五年三班的班導師上個月突然生病住院，所以由我這個代課老師來代課。目前還不知道那位老師要住院多久，在暑假之前，暫時由我代課。

二階堂小學位在有很多商店的舊城區內，有很多學生的家長都在開店做生意，雖然學生的素質並不算很高，但也不至於太搗蛋。按照我的標準，算是中下等級的學校。

我機械式地上著數學課。雖然我不知道其他科目的情況，但這個班級的數學成績很不錯，可能目前住院的班導師教得很好，所以我教起來也很輕鬆。

要求學生做練習題時，我在教室內走來走去，看學生寫的習題，發現大部分都理解了我教的內容，終於鬆了一口氣。如果換了代課老師之後成績退步，以後就不會有人找我代課了。

我巡視著教室，發現後方有一塊小黑板，看到黑板角落寫的字，我停下了腳步。那裡用橫寫的方式，用片假名寫了「bu-su（醜八怪）」，下面又寫了「ba-ka（笨蛋）」兩個字，再下面只有一個「ji」字，我猜想原本寫了「do-ji（呆子）」，但另一個字被擦掉了。我覺得是無聊的塗鴉，就用板擦擦掉了。

我立刻聽到「啊啊」的叫聲，回頭一看，坐在最後排的胖男生山田捂著嘴，而且不光是山田，其他幾個人也都看著我。

「怎麼了？這些塗鴉不能擦嗎？」我問道。

包括山田在內，所有人都慌忙轉身看向前方。我覺得這些學生眞奇怪。

第二節是體育課。我要求學生把跳箱和軟墊搬到操場上，練習器械體操。有些學生的運動能力很強，有些學生很差，也有些不強也不差，我雖然指導了一下，但最重要的是避免他們受傷。只要不受傷，運動這種東西，只要玩得開心就好。

上完體育課，我和學生一起回到教室。女生都去游泳池旁的更衣室換衣服，男生都直接在教室裡換衣服。

學生都把衣服胡亂地丟在各自的課桌上，在男生換衣服時，我看著窗外的風景。學校的圍牆外，豎著澡堂的煙囪。這裡還有公共澡堂，就很有舊城區的味道。

「啊！」突然有人大聲叫了起來。

我看向聲音的方向，發現名叫秋本直樹的男生愣在那裡。秋本個子矮小，看起來很怯懦。

「怎麼了？」

我問，秋本一臉快哭出來的表情看著我：

「我的錢包不見了，我原本放在這裡。」說著，他把手放進長褲的口袋。

「什麼？你再好好找一下。」

「但是……」

秋本檢查了長褲的口袋和書包，但仍然沒有找到。

這時，我身後又響起一個聲音。「啊，我的錢包也不見了。」

我驚訝地轉過頭，發現名叫吉岡雅也的男生，和秋本一樣，雙手插在長褲口袋裡。吉岡個子很高，但瘦得像根鐵絲。

「啊？」其他男生都一起圍住了吉岡。

「真的假的？」

「你放在哪裡？」

「是怎樣的皮夾？」

其他學生七嘴八舌地問道，吉岡沒有回答，臉色蒼白地站在那裡。

「其他人呢？大家都檢查一下自己的東西。」我命令所有人。

學生紛紛檢查各自的書包和口袋，但除了秋本和吉岡以外，並沒有其他人受害。

我把他們兩個人叫到講桌前，讓他們再度檢查了各自的書包。如果發生偷竊，就是大事，如果事後發現是誤會，我就糗大了。

「我把錢包放在這個口袋裡，絕對不會錯。」秋本拍著長褲右側口袋說，雖然他一臉怯懦的表情，但語氣很堅定。

「裡面有多少錢？」

我問，秋本偏著頭回答說：「大概五百圓左右。」

基本上，學校規定學生不可以帶錢來學校，但現在說這些也無濟於事。

「吉岡呢？你錢包裡有多少錢？」我問一臉蒼白的吉岡。

他抓了抓一頭短髮的腦袋，「呃，我也不太清楚。」

「大致的數目就好，也差不多五百圓左右嗎？」

吉岡沒有明確回答，只是拚命抓著頭。

「還有沒有其他東西不見了？」

「應該沒有……」

「應該仔細找過了吧？」

我打開吉岡的書包。那是一個舊的手提式書包，五年級學生很少再用後揹式的書包，吉岡的書包似乎是接手別人的舊書包。

「喂，這是什麼？」我在雜亂地丟在書包裡的課本和筆記本中，發現一本白色記事本。差不多是文庫本的大小，封面用麥克筆寫著『極機密』幾個字。

「啊，這個不能看。」吉岡慌忙從我手上搶過記事本。

「這是什麼？」我又問了一次。

「這是……日記。」

「日記？你在寫日記？」

吉岡輕輕點了點頭。

「是喔。」

雖然我覺得有點奇怪，但既然他說是日記，我不能堅持要檢查。

除了錢包以外，似乎沒有其他東西遺失。我叫他們回到自己的座位，吉岡把白色記事本放進了書包，這時，我看到記事本背面也寫了字，那是數字，而且是分數，『1／64』。

我想起今天早上聽到的那幾個女生的對話，她們也曾經提到「六十四分之一」，但我沒有追問，因爲我覺得和偷竊事件無關。

女生換好衣服後，回到了教室。當所有人都到齊後，我再度確認是否有其他人受害。

除了秋本和吉岡以外，並沒有其他人遺失東西。

2

午休時，我把吉岡和秋本叫到辦公室。因爲五年級的學年主任藤原老師說想要瞭解詳細的情況，藤原老師是一個四十多歲的胖男人。

「有沒有確實檢查？是不是原本就沒帶錢包來學校？」藤原看著兩個學生的臉問道。

「不是，我眞的帶了錢包來學校。」秋本一臉快哭出來的表情說。

「我也眞的帶了錢包。」吉岡也嘟著嘴。

藤原皺起眉頭。

「確定是在上體育課的時候不見的嗎？之前錢包還在嗎？」

「在啊。」秋本又紅又腫的眼睛看著我們。

藤原老師嘆了一口氣，問他們錢包裡有多少錢。秋本的回答和剛才相同，吉岡還是沒有明確回答。

「所以錢包裡並沒有裝很多錢。」

吉岡既沒有點頭，也沒有搖頭，只是悶不吭氣。

藤原抓了抓頭。

「好吧，接下來老師會商量該怎麼處理，你們先回教室，以後不要再帶錢來學校了。」

兩個人垂頭喪氣地走出辦公室。

「眞傷腦筋，這不只是遺失東西而已，既然錢被偷了，就不能置之不理。怎麼會這樣？」藤原看著我，皺起了眉頭。

他可能覺得很倒楣，偏偏在代課老師帶的班級發生了失竊事件。如果是正規老師的班級發生類似的事，只要交給導師處理就好。

「當務之急，是要找到小偷吧？」

藤原聽了我說的話，驚訝地瞪大了眼睛。

「你說得很輕鬆嘛，還是說，你已經知道誰是小偷？」

「雖然還無法具體說出名字，但我心裡大致有底。」

「是喔，」藤原不以爲然地看著我，「怎麼回事？」

「應該是班上的同學，也就是自己人偷的。」

「喂，喂，你沒有根據，不要隨便亂說。」藤原壓低聲音說完後，緊張地東張西望。

「我當然有根據。」我說。

藤原驚訝地將身體向後仰。

「根據？什麼根據？」

「只有那兩個人的錢包失竊，其他人不只錢包沒被偷，衣服和書包都沒有被翻動過的痕跡。也就是說，小偷一開始就鎖定了他們兩個人的錢包。」

「小偷只是隨機偷了錢包，結果剛好偷到他們兩個人，也有這種可能啊。」

「爲什麼只偷兩個錢包？還有很多學生都帶了錢包。」

「可能很慌張吧？」

「既然這樣，應該會偷離教室門口比較近的座位，但他們兩個人的座位離門口很遠。」

藤原似乎覺得我的話有說服力，突出下唇沉吟起來。

「但是，即使眞的鎖定了他們兩個人的錢包，也未必是班上的學生偷的啊。」

「光憑脫在那裡的衣服，就知道是誰的衣服並沒有這麼簡單。我剛才確認了一下，五年級學生中，很多人都不會在自己的東西上寫名字，吉岡也沒有寫。也就是說，小偷很清楚五年三班學生的座位。」

「所以，你認爲是班上的學生偷的。」

「就是這樣。」

藤原板著臉，但似乎無法反駁我的推理。

「那你打算用什麼方法找到小偷？該不會去逼問每一個人吧？」

聽到主任的問話，我忍不住苦笑起來。

「我才不會那麼做，這只會引起家長的抗議。」

「你知道就好。」

「這件事可不可以交給我處理？」

「目前你是班導師，也不是不能交給你處理，」藤原說到這裡，端詳著我的臉，緩緩搖著頭，「但是，你這個人眞奇怪，通常老師即使在心裡懷疑，也會說相信自己班上的學生，果然因爲——」說到這裡，他住了嘴。

「果然因爲什麼？」

「不，沒事。」

「因爲是代課老師，所以比較看得開——你是不是這個意思？」

「我沒這個……」藤原移開了視線。

「我覺得坦誠說，因爲他們是小孩子，所以無法相信，比毫無意義地假裝相信他們更有益健康，我是指精神上的健康。」

藤原聽了我的話，皺著眉頭，用力抓著下巴。我猜想他也會假裝相信學生，這並不是什麼稀奇事，幾乎所有的老師都屬於這種類型。

午休時間還沒結束，但我想去瞭解一下現場的情況，所以走去五年三班的教室。走上樓梯，準備在轉角處轉彎時，聽到了說話的聲音。

「吉岡這傢伙眞是呆子，錢竟然會被偷掉。」

我停下腳步。說話的是班上一個姓金田的男生。

「對啊，我還抱很大的期望呢。」

回答的聲音也是我的學生，他姓木下。

「我也是，呿，眞是太失望了。媽的，到底是誰偷的？」

「我覺得絕對是班上的人幹的。」木下壓低了聲音說。

我豎起了耳朵，沒想到學生中也有人和我想法一致。

「爲什麼？」金田問。

「爲什麼偏偏在今天這種日子偷吉岡的錢包？不覺得時機太巧了嗎？」

「那倒是。」

「對不對？所以小偷一定知道那件事。」

「但既然這樣，爲什麼也偷秋本的錢包？他根本無關啊。」

「這我就不知道了，偷秋本的錢包根本沒什麼意義。」

談話的聲音中斷了，兩個男生似乎走進了教室。

聽到他們剛才的對話，我的腦海中浮現了幾個疑問。

今天對吉岡來說，似乎是特別的日子？那是什麼日子？

金田和木下似乎知道這件事，他們爲什麼知道？

他們到底是什麼關係？「抱很大的期望」又是怎麼回事？

我很想去質問他們，但轉念一想，覺得這並非上策。他們一旦決定要隱瞞老師，不可能輕易鬆口。貿然逼問，反而會打草驚蛇。

這時，鈴聲響了，我直接走去教室。打開教室的門，學生可能沒想到老師這麼快來到教室，慌忙跑回各自的座位，教室內揚起一陣灰塵。

一張小紙片掉在我的腳下，我撿起來一看，發現紙上寫了字，上半部分被撕掉了，只看到直寫的片假名『ba-ka-do-ji（笨蛋呆子）』，被撕掉的部分是寫了誰的名字嗎？

我想起今天早上在教室後方的黑板上，也有相同的塗鴉。這些學生雖然已經五年級了，還在做這種幼稚的事。

我看向吉岡和秋本，秋本的眼眶仍然紅紅的，吉岡低著頭，好像不敢看我。

我想起金田和木下剛才的談話。他們認爲偷吉岡的錢包有意義，但偷秋本的錢包根本沒有意義。

這件事也讓我覺得奇怪。據我所知，吉岡不可能帶很多錢，他家的經濟並不寬裕，班上應該不會有人認爲他的錢包裡有很多錢。

正當我在想這些事時，突然有人敲教室的門。藤原老師向我招手。

我走過去問：「有什麼事嗎？」

「別問那麼多了，你先過來一下。」藤原把我帶去走廊，「發生了奇怪的事，剛才接到警局的電話。」

「啊，警局？失竊事件報案了嗎？」

藤原在臉前搖著手。

「沒有報案，怎麼可能做這種事？連校長都還不知道詳細的情況。不是這件事，是警方抓到了在鬧區向別人勒索錢的中學生，那幾個中學生說，我們學校的學生也被他們勒索了。」

「我們學校的學生？」

「那個學生好像就是你班上的吉岡。」

「啊？怎麼可能？」

「好像是眞的，那幾個中學生說，看到他胸前的名牌。」

「什麼時候的事？」

「據說是前天。」

「前天，所以是星期六……」

我看向教室，正看著我們的吉岡慌忙轉過頭。

3

上完第五節課，我把吉岡叫了過來。吉岡顯得惴惴不安。

「你和我一起去會客室，警局的人來了，好像有事要問你。」

「那個……錢包……那秋本也……」他語無倫次。

「不是錢包被偷的事，那件事還沒有報警，要問你的是勒索的事。」

「勒索……」吉岡頓時臉色鐵青。

「總之，你和我一起去。」我推了推吉岡的背。

走出教室後，我向吉岡確認：「星期六是不是有人向你勒索？」

他驚訝地停下了腳步。

「對方那幾個中學生被抓到了。」說完，我邁開了步伐。

沒想到吉岡並沒有跟上來，他不發一語地低著頭。

「怎麼了？爲什麼不跟我一起來？」

我問。吉岡終於慢吞吞地走了起來，他似乎在想什麼事。

來到會客室，警局少年課派來的一名有點年紀的女警官已經來了，藤原老師和教務主任一起接待了她。打了招呼後，女警官立刻問吉岡：

「你星期六是不是去了車站前的商店街？」

吉岡沒有回答，他雙手放在腿上，低著頭，一動也不動。

「喂，怎麼了？趕快回答啊。」藤原老師不耐煩地說。

吉岡仍然低著頭，搖頭說：「我沒有去。」

「啊？」所有人都發出驚訝的聲音。

「不可能，不是有中學生在那裡向你勒索錢嗎？」女警官用稍微強烈的語氣問道。

但是吉岡比剛才更用力搖頭。

「我沒有去，也沒有人向我勒索錢。」

他突然站了起來，我們還來不及阻止，他就衝出了會客室。女警官一臉茫然。

「這是怎麼回事？」教務主任問藤原老師。

藤原老師偏著頭納悶，然後看著我，露出求助的眼神。

「那幾個中學生說是吉岡嗎？」我問女警官。

她點了點頭說：

「他們說看到了名牌，上面寫著五年三班吉岡。」

「會不會是其他小學？」教務主任嘀咕道，他似乎希望和自己的學校無關。

「那幾個中學生說，是二階堂小學的名牌。」

女警官斷言道，教務主任垂下了肩膀。

「那幾個中學生說，向吉岡勒索了多少錢？」我問女警官。

「當事人說六千圓左右。」

「六千圓！」教務主任大聲叫了起來，「對小學生來說，根本是鉅款，他一個小孩子，身上爲什麼會有那麼多錢？」教務主任的語氣聽起來有點生氣，搞不好他的皮夾裡也沒有那麼多錢。

我想了一下後站了起來，「這件事可以交給我來處理嗎？」

「你打算怎麼處理？」藤原老師問。

「目前還無法明說，但我一定會讓吉岡說實話。」

「這麼說也……」藤原老師一臉困惑地看向女警官和教務主任。

因爲沒有人說話，我走出了會客室。但其實我並沒有什麼妙計，只是覺得隱約看到了失竊事件的眞相，問題在於如何才能看得更清楚。

我一邊思考著這個問題，回到了教室前，第六節課已經開始了，但因爲導師不在，所以學生都樂翻了天。靠走廊的窗戶打開一條縫，我偷偷向教室內張望，發現大約有十個學生聚在一起，正中央的是山田。

山田攤開一張體育報，手上拿著一本記事本。我曾經看過那本記事本。之前在吉岡手上。封面上寫著『極機密』，封底寫著『1／64』。吉岡說是日記，但果眞是日記的話，怎麼可能交到山田手上？

我打開教室門，聚集在一起的那幾個學生立刻散開，衝回自己的座位。不到二十秒，教室內就安靜下來。

我直直走向山田。他似乎把那本記事本藏起來了。

「給我看記事本，就是你剛才拿在手上的那本。」

「我不知道什麼記事本。」

「是喔，那我來檢查你書包。」

我伸手拿他的書包，山田慌忙用雙手抱緊書包。

「那是日記，所以老師也沒有權利看。」

「是喔，日記嗎？吉岡也帶了日記，最近流行把日記帶來學校嗎？」

我的眼角掃到吉岡把身體縮了起來。

「那有什麼關係？」山田緊緊抱著書包。

「學校規定，不可以帶和課業無關的東西來學校，日記和課業無關，還有這也是。」

我把手伸進山田的課桌，把塞在抽屜裡的體育報拿了出來。山田叫了起來。

我打開體育報，發現上面用紅色簽字筆寫了很多字，簡直就像賽馬報，但那是報導職棒的版面。

「這是什麼？」

「什麼都不是，還給我啦。」

「我以爲現在的小孩只對足球有興趣，原來還有職棒球迷嗎？」

我在說話時，看著紅筆寫的內容，頓時靈光乍現。我看著山田露齒一笑。

「原來如此，我終於瞭解了，六十四分之一原來是這個意思。」

山田抱著書包，一臉害怕地拚命眨著眼睛。

4

放學後，我叫住了正想要回家的吉岡。

「你先別走，我找你有事。」

吉岡緊張地停下腳步，山田和其他人走出教室時，頻頻回頭看他。

值日生在打掃教室時，我去了附近郵局，買了二十張夏日問候卡。回到教室時，值日生已經打掃完教室，吉岡茫然地站在窗邊。

看到值日生全都離開後，我對吉岡說：

「聽說你很會畫畫。」

可能我的問題太出乎意料，吉岡一臉驚訝地看著我。

「怎麼樣？不擅長嗎？」

「呃……我很喜歡。」

我把二十張問候卡和一盒色鉛筆放在附近的桌子上。

「你幫我在這些問候卡的角落畫一些小插畫，畫風鈴也可以，煙火也可以，要有夏天的味道。」

「呃……只要畫插畫就好嗎？」

「對啊，你不是很會畫嗎？那就拜託囉。」

聽到我這麼說，吉岡遲疑地坐在椅子上，然後打開了色鉛筆盒的蓋子。他坐在那裡片刻，隨即拿起紅色的色鉛筆，在賀卡角落畫了起來。我很快就發現他在畫金魚。他又用黑色的色鉛筆在旁邊畫了一條凸眼金魚。

「畫得眞好。」

聽到我的稱讚，吉岡露出欣喜的表情。他開心地畫了一張又一張。煙火、海灘球、遊艇，都是讓人聯想到夏天的東西，看到他畫浴衣這麼複雜的畫時，我忍不住感到驚訝。

畫完二十張賀卡時，他露出有點無趣的表情。看來他很喜歡畫畫。

「辛苦了，多虧了你，今年我的夏日問候卡會很精采，用電腦印一些現成的插圖實在太無趣了，這是你的打工費。」我從皮夾裡拿出一枚五百圓硬幣放在吉岡面前。

他瞪大眼睛，說不出話。

「雖然學校規定不能讓學生打工，但不必這麼墨守成規，不過，那五百圓記得還給秋本。」

「啊……」吉岡頓時漲紅了臉。

「你並不是因爲缺錢才會偷他的錢吧？你是覺得如果只有自己一個人被偷，會引起懷疑，所以才塑造了另一個被害人。也就是說，被害人並不是非秋本不可，之所以挑選秋本，是因爲他最怯懦嗎？」

「這……」

「不要再裝糊塗，如果你繼續說謊，我眞的會生氣。你之所以說錢包被偷，是爲了掩飾重要的賭本被搶所說的謊，不是嗎？在大人的世界，這叫做騙局。」

吉岡可能發現事跡已經敗露，輕輕點了點頭。

「好，那你就實話實說，把所有的事都說出來。」

吉岡小聲說了起來，內容完全符合我的推理。

首先，這個班級從今年春天開始流行賭博，賭博的內容就是職棒彩。也就是預測當天職棒比賽的得勝球隊，總共有十二支職棒球隊，如果當天所有球隊都有比賽，總共有六支球隊獲勝，全部猜中的人就可以領到獎金。

簽賭時，寫下球隊名字的第一個片假名。比方說，當預測巨人隊、龍隊、虎隊、獅隊、鬥士隊和鷹隊獲勝時，就在紙上寫『ji、do、ta、ra、fu、ho』後交出去。我在午休時間撿到的那張寫了「ba、ka、do、ji」的紙，正是其中的一部分。比賽結果會在翌日寫在後方的黑板上，也就是我擦掉的那些奇怪的字。

六十四分之一是當球隊的實力不相上下，舉行六場比賽時，完全猜中所有得勝隊伍的機率。雖然小學數學還沒有學過機率，聽說是誰的哥哥、姊姊告訴他們的。吉岡說，原本想要賭足球，但因爲猜中的機率太低，所以改賭職棒。雖然女生也加入賭局，但大部分女生甚至連棒球規則都不知道。

簽賭金額最低兩百圓，班上的同學輪流當組頭。上週輪到吉岡，那本記事本上記錄了簽賭的金額。

星期六時，吉岡被勒索錢，這些重要的賭資被人拿走了。他覺得即使據實以告，大家也可能不相信，所以就想到假裝錢包失竊。

「你們這些小鬼竟然玩這種無聊的遊戲，職棒簽賭的罪很重喔。」

吉岡無力地垂下頭。我輕輕拍了拍他的肩膀。

「即使靠賭博賺了錢，最後也守不住，有太多愚蠢的大人因爲這樣毀了自己的人生。靠自己的雙手賺錢最踏實，因爲這樣才會珍惜自己賺來的錢。」

我把二十張賀卡排放在桌子上，可以看到所有的插畫。

「你是不是也這麼覺得？」

吉岡用力點頭。

第三章

10×5+5+1

1

這次的新工作地點位在住宅區內。那片住宅區名叫三葉新城，規劃整齊的土地上，像玩具的積木般排列著很多相同大小、外形也很相似的房子。

我看著這些房子一路往東，來到三葉小學的大門。這所小學有兩棟三層樓的校舍和一棟像是體育館的建築物，三棟建築物看起來都很新。

雖然離上學時間還早，但已經有不少看起來像是住在新城的學生走在上學路上。我和他們一起走進校門，幾個學生納悶地看著我，可能是因爲他們之前沒看過我。

我去向校長和教務主任打招呼後，聽學年主任佐藤老師說明了工作內容。佐藤老師四十多歲，這位女老師看起來不像是學校的老師，反而更像是古板的學者，說話的時候，臉上的表情幾乎沒有變化。

聽佐藤老師說，原本五年三班的男導師森本老師在五月黃金週時突然死亡，所以緊急需要一位代課老師。

「總之，這兩個月就交給你了，之後會有正式的老師來接五年三班。」佐藤老師說明完畢後對我說道。

「請問森本老師是怎樣的老師？是資深的老師嗎？」我問道。

佐藤老師目不轉睛地看著我的臉問：

「爲什麼問這個問題？」

「因爲聽說他去世，我猜想他年事已高。如果是老教師帶的班級，我可能會調整和學生相處的方式。」

「你年紀輕輕，沒想到說起話來像是很有經驗的代課老師。」佐藤老師的嘴角露出諷刺的笑容，「森本老師是今年剛從大學畢業的年輕老師。」

「是喔，」我感到意外，「是因病去世嗎？」

「不是生病，而是意外。」

「意外？喔，一定是車禍吧？」

佐藤老師並沒有回答我的問題，她轉身站了起來，不發一語地回到自己的辦公桌前。

這個大嬸還眞冷漠。

五年三班的教室在三樓。我走上樓梯，沿著走廊走去教室。

隨著漸漸走近教室，我感到很奇怪。因爲實在太安靜了。至今爲止，我曾經接過很多班級，但從來沒有任何一個班級在走廊上聽不到教室裡傳來的說話聲。

我打開門，走進了教室。更令人驚訝的是，所有學生都坐在自己的座位，甚至有人已經打開了第一節課的課本和筆記本。我第一次遇到這麼乖的班級，忍不住懷疑會不會是惡作劇？我心生警戒地點完名，接著做了簡單的自我介紹。那些學生似乎並沒有什麼企圖，對新來的代課老師也沒有太大的興趣，毫無表情的眼神好像在看擦身而過的路人。

開始上第一節國文課後，他們仍然很安靜。沒有人竊竊私語，也沒有人故意去惹其他同學，當然更沒有人打瞌睡。因爲太安靜了，反而讓人有點心裡發毛。

我認爲可能是之前的導師森本老師意外身亡，讓他們很受打擊。也就是說，森本老師雖然大學剛畢業，在短短一個月內，就已經抓住了這些學生的心。

放在窗邊的教師桌上，有一枝白色百合花插在小花瓶內，顯示了他們對森本老師的喜愛。因爲這朵花不可能是爲了今天第一次來爲他們上課的代課老師而準備的，所以應該是爲了哀悼意外身亡的導師。

上課時，我觀察著五年三班的學生。無論男生和女生都顯得無精打采，全班學生都低著頭，心不在焉地看著攤開的課本。他們不像在上課，更像是在靜靜地捱時間，完全感受不到小孩子應有的活潑。

我的目光停在其中一個女生身上。她坐在靠窗那一列的第四排，她五官清秀，如果再長大一點，走在街頭可能會被星探相中。她的胸前別了一個班長的徽章。

我看了貼在教師桌上的座位表，知道她名叫下村彩香。下村彩香雖然看著課本，但完全沒有聽我說話，因爲她的課本翻開的那一頁並不是我正在講課的內容。

第一節課下課的鈴聲響了，我立刻宣布下課。下課時，這些學生終於站了起來，有人走出了教室，也有人和其他同學聊天，但還是有點不太對勁。我觀察了一陣子，終於發現了哪裡有問題。這些學生臉上都沒有笑容。

我走向下村彩香的座位，她托著腮，看著窗外。

「大家都很喜歡森本老師嗎？」我盡可能用親切的語氣問道。

我發現下村彩香繃緊了身體，也可以感受到她用力吞著口水。

「不需要這麼緊張吧？」我笑著對她說，「接下來這段日子，我們每天都會見面，心情放輕鬆，這樣對大家都比較好。」

她低著頭，沒有回答，也不看我一眼。

「森本老師是因爲怎樣的意外去世的？」我繼續問道。

下村彩香還是沒有說話，而且她站了起來，轉身離開了。

「喂！」我叫了一聲。

她停下腳步，但並沒有回頭。

「我什麼都不知道。」說完，她快步走出教室。

她是怎麼回事啊？

我感到納悶，巡視著周圍，想要問其他學生，但所有學生都把頭轉開，好像在刻意避開我。

2

放學後，我走出學校大門，聽到一個聲音。「不好意思，打擾一下。」抬頭一看，一個身穿皺巴巴的西裝，其貌不揚的中年男子臉上堆著親切的笑容。我以爲他在對別人說話，但周圍並沒有其他人，所以應該是找我的。但是我不認識他，也沒有在教師辦公室見過他。

「有什麼事嗎？」我問。

「你是今天開始帶五年三班的代課老師吧？」

「是啊。」

「這是我的證件，」男人從口袋裡拿出警察證，既然穿著便服，應該是刑警，「可不可以打擾一下？我有事情想和你談一談。」

「請問是什麼事？」我冷冷地回答。我向來覺得工作從走出學校大門的那一刻就結束了，也就是說，現在是我的私人時間，我不想被別人佔用，即使對方是警察也一樣。

「是有關森本老師的事。」

「森本老師？我一無所知，因爲我今天剛來這所學校。」

「我非常瞭解，正因爲這樣，所以才拜託你。」刑警的臉上仍然帶著意味深長的笑容。

我注視著他臉上惹人討厭的笑容。我不想惹上麻煩事，但內心湧起了好奇心。既然警方出動，代表森本老師的死可能和犯罪有關。

無論是那些學生的態度，還是眼前這個刑警的出現，都意味著森本老師的死可能隱藏著什麼秘密。雖然我只帶這個班級短短兩個月，但既然要當五年三班的導師，還是瞭解一下情況比較好。

「如果不會太久的話。」

刑警聽到我的回答，高興地點了點頭。

「不會佔用你太多時間，只要十分鐘，不，五分鐘就夠了。」

我們一起坐在操場角落的長椅上。刑警自我介紹說，他姓江藤，他果然是刑事課的，而且聽到他在刑事課一股，更加引起了我的興趣。那是專門負責重大犯罪的部門。

「那是五年三班的教室吧？」江藤指著前方校舍的三樓問道。
「是啊。」我回答，「有什麼問題嗎？」
「森本老師就是從那裡墜落身亡的。」
聽到江藤的話，我驚訝地瞪大了眼睛。
「從三樓教室的窗戶？」
「沒錯，聽說是頭朝下墜落，頸椎骨斷了，應該是當場死亡。」刑警收起了剛才的笑容。
「聽說森本老師在黃金週中死亡。」
「應該是五月五日的晚上，六日清晨，散步的人剛好向學校大門內張望，發現了屍體。」
「爲什麼會墜落在那裡？」
我問。江藤重新坐好，挺直了身體，然後四處張望了一下，小聲地說：
「目前認爲是自殺。」
「是喔……」

我並沒有太驚訝，因爲我多少猜到了。

「聽和森本老師關係不錯的人說，他爲工作的事相當煩惱，因爲學生都不聽他的話，上課的情況也不如預期。他曾經懷疑自己並不適合當老師。」

「因爲這個原因煩惱，然後自殺嗎？」

「目前認爲是如此。」

我吐了一口氣。我覺得太莫名其妙了。因爲這個年紀的小孩都很狂妄自大、叛逆，如果因爲他們不聽話就自殺，無論有幾條命都不夠。

但刑警解開了我的幾個疑問。班導師自殺，學生當然都不願意多談詳細的情況，五年三班的學生個個臉色凝重，也許是覺得自己造成了老師的自殺。雖然他們很狂妄自大，但心思也比大人想像的更敏銳。

「但是，在調查之後，發現了幾個疑點。」江藤故弄玄虛地說道。

「什麼疑點？」

「第一個奇妙的地方，就是屍體沒穿鞋子。當然，自殺的人在跳樓之前脫鞋子並不稀奇，反而是很久以來的習慣，雖然那麼年輕的人，爲什麼會遵循以前的習慣也讓人心生疑問。」

「既然這樣，到底有什麼奇妙呢？」

「自殺的人通常會把脫下的鞋子整齊地放好，然後把遺書放在鞋子旁，跳樓自殺者通常都這麼做。」

「他的鞋子在哪裡？」

「左右腳的鞋子都凌亂地掉在距離屍體數公尺的地方，如果是跳樓時掉的，兩隻鞋子同時掉也很奇怪。爲了避免誤會，我補充一下，現場並沒有發現遺書。」

我想像著當時的情況，理解了刑警認爲可疑的地方。

「的確有點奇怪。」

「除此以外，還有一個重大的疑問。森本老師當天去超市買了食材，準備赴死的人會做這種事嗎？」

「也可能是買完之後，突然產生了想要死的衝動。」

「果眞如此的話，必須有什麼導致他產生這種衝動的契機，但目前並沒有發現。」

「我能理解你的意思……」

「基於以上的理由，有人認爲可能不是自殺，但是，在學校放假的日子，老師不太可能意外從三樓的窗戶跌落。」

我瞭解了刑警的言外之意。

「你告訴我這些事沒問題嗎？不是偵查不公開嗎？」

「因爲我希望你能夠提供協助，所以才開誠布公地告訴你這些事。你會在這所學校任教一陣子，不可能輕易告訴媒體。」

「我不會做這種事……只是你希望我協助什麼事？」

「所以你願意提供協助囉？」刑警露出嚴肅的表情注視著我的眼睛。

「在此之前，請讓我確認一下，」我說，「聽你剛才的意思，森本老師的死既不是自殺，也不是意外，所以是謀殺，也就是說，森本老師可能是被別人殺害的嗎？」

3

翌日，我比平時提早去了學校，在班上的學生還沒有到學校之前，就走進了五年三班的教室。打開窗戶，涼爽的風吹了進來。

窗外可以看到新城的街道。五月五日，森本老師從這個窗戶墜落身亡。窗戶上有欄杆，所以不可能不愼墜落，他不是自己跨越欄杆跳下去，就是被人推下去。

我回想起昨天刑警江藤說的話。他委託我做的事極其困難。

「希望你可以幫忙調查一下森本老師的周遭發生了什麼事。不，其實也談不上調查，只是如果你發現了什麼事或是聽到了什麼話，希望你可以通知我。」

「這不是警察的工作嗎？爲什麼要找我幫忙？」

江藤聽到我這麼說，皺起了眉頭。

「我們也很希望親自調查，只是我們無法自由在校園內走動，而且無論學生和老師，似乎都不願意對我們說實話。」

「你是說，大家都對警察有所隱瞞嗎？」

我以爲他至少表面上會否認，沒想到他點了點頭。

「有些事，讓我們不得不這麼認爲。」

「學校方面可能不願意別人把這件事當成醜聞，所以變得有點敏感吧。」

「這也是原因之一，但不光是這樣而已。怎麼樣？你願不願意提供協助？當然，這不是強制，如果你不願意和這種麻煩事扯上關係，就請你忘了我剛才說的話。」

我想了一下後回答：

「好啊，如果發現什麼，我會聯絡你。」

「那就拜託了。另外，還有一件事也想請你調查一下。」

「還有其他事？」

聽到我的問題，他在記事本上寫了一行字，然後遞到我面前。上面寫著——

『10×5＋5＋1』。

「這是什麼？看起來像是算式。」

「發現森本老師的屍體時，五年三班的黑板上寫了這些字。」

「黑板上？」

「森本老師最後一堂課並不是數學課，而且下課之後，值日生也把黑板擦乾淨了。也就是說，這些字是森本老師在臨死前寫的。」

「10×5＋5＋1……計算結果是56。」

「你認爲代表什麼意思？」

「不知道，我完全沒有概念。」

「我們也調查了一番，還是不知道到底代表什麼意思。」刑警說完，嘆了一口氣。

「所以你希望我調查一下這個像是暗號的算式到底是什麼意思。」

「就是這麼一回事，這件事只能請你幫忙。」

「因爲我是代課老師，雖然是外人，卻可以接近相關人士嗎？」我用略帶諷刺的語氣說道。

「嗯，你可以這麼認爲。」刑警一臉嚴肅地回答。

我回想著和江藤之間的對話，看著黑板。

『10×5＋5＋1』——森本老師爲什麼要寫這個算式？還是說，這個算式並沒有重要的意義？

我將視線看向旁邊時，發現黑板角落用圖釘釘了一張白紙。走過去一看，發現上面寫了學生的名字。最上面寫著「奇比值日生」。

奇比——那是什麼？

後方傳來動靜，一個矮小的男生走進教室。我還沒記住他的名字。他似乎沒料到老師這麼早來到教室，看到我的臉，頓時愣在那裡，然後抓了抓頭說：「老師早。」說完之後，轉身想要走去自己的座位。

「你過來一下。」

聽到我叫他，這個矮小的男生膽戰心驚地走了過來。

「呃，你叫什麼名字？」

「我叫山本。」

「山本，這裡寫的奇比是什麼意思？」

山本聳了聳肩，又抓著頭。

「呃，這是……那個。」

「是什麼？你說清楚。」

「好，那個、這是……金絲雀的名字。」

「金絲雀？這個班級養了金絲雀嗎？」

山本用力點了點頭。

「鈴木和田中在學校附近發現的，他們抓到之後，就帶來學校了。」

「是喔，他們竟然能夠抓到。」

「他們說牠因爲翅膀受了傷，不能飛了，所以一下子就抓住了。」

「所以就全班大家一起照顧嗎？」

「對。」

「原來是這樣，所以才叫奇比值日生。這是什麼時候的事？」

「嗯，黃金週之前。」

「那不是最近的事嗎？那隻金絲雀在哪裡？」我巡視教室內，沒有看到鳥籠。

「喔，牠已經死了。」

「死了？爲什麼？」

「因爲……」

山本正想回答，有人叫了一聲：「山本！」轉頭一看，下村彩香站在門口。她大步走進教室，站在山本面前瞪著他。

「不是說好了不可以告訴別人奇比的事嗎？」

「但是……」山本嘟著嘴，低下了頭。

「爲什麼不能說？有什麼關係嘛。」我對下村彩香說。

她沒有看我一眼。

「這是大家一起決定的，因爲很難過，所以決定不提已經死掉的金絲雀。」她走到黑板前，拿下了寫著『奇比値日生』的紙，揉成一團，丟進旁邊的垃圾桶。

4

放學後，我去了森本老師家。他和父母同住，他父親還在公司上班，我去的時候，只有他母親在家。我說是來爲森本老師上香的，他的母親感動不已，帶我去設置了佛壇的和室。

「代課老師特地來爲他上香，他一定很高興。」他母親爲我端茶時說道，淚水在她眼眶裡打轉。

我無法想像一個母親失去大學剛畢業的兒子有多悲傷。

「我不知道該不該提這件事，聽說森本老師爲學校的事很煩惱。」

森本老師的母親用手帕按著眼角，點了點頭。

「因爲他的責任心很強，自從當老師之後，一直爲這件事感到煩惱。」

「現在的學生很難教。」

「我兒子也這麼說，但我兒子並不至於脆弱到會爲這種事自殺。」

「所以是意外嗎？」

他的母親聽到我這麼問，搖了搖頭。

「應該不可能，因爲他有嚴重的懼高症，所以不可能做會從窗戶掉下去的危險事。」

「既然這樣，就只剩下自殺的可能了。」

「但我還是無法接受，因爲他在死前兩天，還買了很多東西……」

「買東西？他買了什麼？」

「不太清楚，他只說要去運動用品店，我也把這件事告訴了警察。」

他到底買了什麼？我忍不住思考。不知道刑警江藤有沒有調查這件事。

「對了，聽說森本老師在去世的當天也買了東西，好像是食材。」

「是啊，不瞞你說，這件事有點奇怪。當他的屍體被發現時，他的車子停在學校附近，車上竟然有五袋米。」

「五袋米？這太奇怪了。」

「是不是很奇怪？況且，他以前從來沒有去買過食材。」說完，她偏頭表示不解。

我問森本老師的母親，是否可以參觀他的房間。因爲我想要尋找是否有線索可以解開森本老師的死亡之謎。

「是沒什麼關係……」他的母親有點訝異，但還是同意了。

森本老師的房間位在二樓的南側，兩坪多大的西式房間，牆邊放著網球拍，網球拍旁放了一個五公斤的啞鈴。森本老師似乎熱愛運動。

書架上有好幾本教育相關的書籍，他似乎爲如何才能拉近和學生之間的距離深感煩惱。我覺得老師的工作只是賺錢的手段，所以從來不會爲這種事感到煩惱，我這種人竟然想要解開森本老師的死亡之謎，說起來實在很滑稽。

書架上的書都放得很整齊，只有一本書稍微凸了出來。我抽出那本書，那也是一本教育相關的書。我翻了起來，然後停下了手。因爲其中夾了一張紙，似乎是當作書籤使用。

那是遊樂園的門票，而且上面的日期是五月四日。也就是森本老師死亡的前一天。

他的母親看到那張門票，露出驚訝的表情。

「我知道他四日那一天出門了，但他完全沒說是去遊樂園。」

「和別人一起去的嗎？」

「他並沒有可以約會的女朋友。」他的母親摸著右側臉頰沉思起來。

離開森本老師的家，我打電話去警局找刑警江藤。我說有事想要和他談一談，江藤說，他馬上可以和我見面。

我們約在車站前商店街的咖啡店見面，我喝著咖啡等了一會兒，江藤就出現了。我把在森本家聽說的事告訴了他。

「我們也聽說了森本老師在死亡的兩天前去了運動用品店買東西，也找到了那家店，就是這條商店街上名叫山田運動用品的商店。」江藤看著記事本說道。

「森本老師在那裡買了什麼？」

「不，什麼都沒買。」

「啊？什麼都沒買？」

「對，森本老師問店員，有沒有登山用品，但山田運動用品店內並沒有賣登山用品。店員這麼告訴他，他就離開了。」

「登山用品……嗎？不知道他具體想買什麼東西嗎？」

「不知道。」

「有沒有去其他運動用品店，還有登山用品專門店調查？」

我一口氣問道，江藤苦笑著打開記事本。

「是我在辦案，今天我來這裡，原本期待可以從你口中瞭解一些有參考價值的事，沒想到現在立場顚倒了。算了，無所謂啦，正如你所說的，我也去查了其他運動用品店，還有登山用品專門店，但目前並沒有找到森本老師曾經買過東西的店家。」

「所以，森本老師在三日那一天什麼都沒買嗎？」

「目前認爲是這樣。」刑警說完，闔起記事本，拿起喝了一半的咖啡。

我覺得太奇怪了，森本老師到底想買什麼？他想去登山嗎？

「森本老師的興趣是登山嗎？」我問江藤。

刑警移開嘴邊的咖啡杯，搖了搖頭。

「據我的調查，他並沒有登山經驗，也沒有聽說他最近要登山。」

「那他爲什麼要買登山用品？」

「不知道，這也是一個不解之謎。」

我抱著雙臂，陷入了沉思，一個幻想浮現在我的腦海。

「該不會……？」

「怎麼了?」

「森本老師該不會想要爬校舍的牆壁?有時候,國外的新聞不是會看到有人攀爬摩天大樓的牆壁嗎?」

江藤聽了,噗哧一聲笑了起來。

「結果不小心墜落嗎?你的推理眞有趣,但森本老師爲什麼要做這種事?攀爬校舍的牆壁,得不到任何人的稱讚,而且他有嚴重的懼高症,根本不可能做這種事。」

我皺著眉頭點了點頭。沒錯,之前從森本老師的母親口中已經得知,他有懼高症。

「森本老師在離開運動用品店之前,還問了一個奇怪的問題,」江藤說,「而且和登山完全沒有關係。」

「什麼問題?」

「森本老師問店員,知不知道這一帶是否有可以便宜買到二手腳踏車零件的店家。店員回答說不知道。」

「二手腳踏車?」

「對,關於這件事,你有什麼想法?」

「沒有。」我到這所學校任教才短短兩天，怎麼可能有什麼想法？

「我打算針對這個問題再仔細調查一下，你那裡有沒有什麼收穫？我今天來這裡，是對這件事抱有很大的期待。」刑警看著我的眼睛，似乎無法忍受我只問不說。

「我不知道是否能稱為收穫，我在森本老師家裡發現了奇怪的東西。」我把遊樂園入場券的事告訴了江藤。

江藤頓時雙眼發亮。

「有這種東西？我們也檢查了他的房間，並沒有注意到夾在書裡的紙。」他的表情有點懊惱。

「在自殺的前一天去遊樂園，你不覺得奇怪嗎？」

江藤點了點頭。

「的確很奇怪，我從來沒有聽說過這種事。」他在記事本上記錄著。

我還告訴他，五年三班曾經養金絲雀的事，還有金絲雀在森本老師去世之前也死了。

「那些學生似乎很受打擊，所以不願意告訴我那隻金絲雀的詳情，而且他們還約定，不可以告訴其他人。」

「金絲雀……你認爲這件事和森本老師的死有關嗎？」

「我也不清楚，但看那些學生的態度，我覺得有關係。」

江藤皺起眉頭陷入了沉默，然後嘆了一口氣看著我：

「可不可以請你設法向學生打聽有關金絲雀的事？」

「我沒有把握，因爲我不認爲他們願意把秘密告訴我。」

「但你是導師啊。」

「只有短短兩個月而已，兩個月結束後，我和他們就形同陌路了。」

江藤聽到我這麼說，露出有點不悅的表情，他似乎期待我說出更像教育工作者的話。

如果我是眞正的教育工作者，怎麼可能只當代課老師？

星期天，我獨自去了遊樂園。就是森本老師臨死之前去的遊樂園。天氣不太好，灰濛濛的天空下，不時下起會淋溼臉龐的毛毛雨。氣溫也很低，這種天氣並不適合來遊樂園玩樂，所以園內沒什麼人。如果是晴天，熱門的雲霄飛車前一定大排長龍，但今天只有十幾個人排隊。

我去商店買了爆米花，吃著爆米花走在園內。森本老師來這裡到底有什麼目的？我看著旋轉木馬和鬼屋。

雨稍微變大了，我逃進了附近的棚子。棚子內有長椅，我坐在長椅上，整理了目前爲止所知的線索。

首先，五年三班飼養的金絲雀死了。學生都不願意談這件事。五月三日，森本老師去運動用品店買登山用品，而且還在找二手腳踏車店。五月四日，森本老師來到遊樂園。五月五日，他在超市買了五袋米，當天晚上就從校舍的窗戶墜落身亡。黑板上寫著『10×5＋5＋1』。

越想越搞不懂是怎麼回事，森本老師到底想幹什麼？那些學生又在隱瞞什麼？

爆米花吃完了，我起身準備丟去垃圾桶。這時，旁邊響起一個年輕女子的慘叫。我轉頭一看，發現那裡有一種遊樂設施，剛才的慘叫聲就是正在挑戰那個遊樂設施的女子發出的聲音。

沒想到這個遊樂園有這種設施——

當我這麼想的時候，一個靈感在我的腦海閃現。

5

星期一的第六節課，我要求學生到操場集合，他們臉上都露出納悶的表情。

來到操場後，我要求他們在校舍前排隊。他們站的位置剛好是五年三班教室的正下方。不一會兒，有兩個人迎面走來。他們分別是刑警江藤和森本老師的母親，我打電話請他們來學校。

「不好意思，還勞駕兩位特地來學校，接下來我要解開森本老師的死亡之謎，不，其實也不能說是我解開這個謎團，」我巡視著班上的學生，「也許應該說是要向他們問清楚。」

學生立刻抱怨起來，我聽到有人說，他們什麼都不知道。我轉頭看向聲音的方向說：

「不，你們一定知道某些事，這就是最好的證明。」我從手上的紙袋中拿出一件東西。那是腳踏車的內胎。

我看到所有的學生都臉色大變。

「這藏在某個地方，怎麼樣？你們其中應該有人曾經看過這個吧？」

有幾個人露出責備的眼神看向下村彩香，她瞪大眼睛搖著頭。

「不可能，因爲那個在我家……」說到這裡，她捂著嘴，露出「中計了」的表情。

我露齒一笑。

「原來下村家也有這個東西，應該是森本老師用過的內胎吧？」

聽到我的問話，下村彩香懊惱地咬著嘴唇。

「到底是怎麼回事？我完全搞不懂。」江藤不耐煩地問。

我回頭看著刑警說：

「我知道森本老師去遊樂園的目的，是爲了練習高空彈跳。」

「啊？高空彈跳？」刑警瞪大了眼睛。

「沒錯，森本老師因爲某種原因，必須表演高空彈跳，而且是從這個窗戶跳下來。」

我指著上方五年三班的教室窗戶。

「怎麼可能……？」刑警搖著頭，似乎難以置信。森本老師的母親也一臉茫然。

「森本老師去運動用品店，應該想要買登山繩，但因爲沒買到，所以他改用了其他繩子。同時，他還去二手腳踏車行買了內胎，把繩子和內胎綁在一起後，繫在腳上，然後從這個窗戶跳下來。」

「這麼危險的事……怎麼可能……」森本老師的母親雙手摸著臉頰。

「老師當然知道很危險。江藤先生，你有沒有查過那件事？」

「你是說森本老師車上的東西和重量嗎？呃，我上次也說了，車上有五袋米，全都是十公斤裝，還有一個重量大約一公斤的大布袋，以及一個五公斤的啞鈴放在後車座。」

「原來是啞鈴。我想起森本老師的房間也有一個啞鈴，通常啞鈴都是兩個一組，但他房間裡只有一個，讓我覺得很奇怪。」

「你到底想說什麼？」

「森本老師在自己跳下來之前，先把和自己體重相同的東西從窗戶往下丟，調整繩索和內胎的長度。他使用了五袋米、啞鈴和布袋。也就是說，十公斤乘以五，加五公斤，再加一公斤，總共五十六公斤，應該大致符合老師的體重。」

「沒錯，他的體重差不多就是這樣。」森本老師的母親說道。

「原來如此，黑板上寫的『10×5＋5＋1』原來是這個意思。」江藤低吟道。

我轉頭看向學生。

「你們要不要說實話？爲什麼老師要高空彈跳，你們和老師之間發生了什麼事？」

起初所有學生都沉默不語，不一會兒，下村彩香向前一步，她終於不再抵抗，開口說出了眞相。

「那是黃金週之前的事，森本老師打開鳥籠，奇比突然跑出來了。老師想要抓住牠，但奇比逃到敞開的窗戶外。我們都嚇到了，因爲奇比還無法飛。雖然老師想把窗戶推到另一側，但窗戶生了鏽，推不動。我們都大叫著，老師，趕快救奇比。因爲只要從窗戶探出身體，用力伸手，應該就可以抓到。」

我可以想像這些學生大喊的樣子，他們一定陷入了恐慌。

「但是，森本老師並沒有這麼做。」

我說道，下村彩香點了點頭。

「老師好像很害怕，奇比隨時都會掉下去，他只是手足無措地站在那裡，最後……」

下村彩香用力咬著嘴唇。

最後，奇比終於掉了下去。

「所以奇比死了，你們都痛恨森本老師，對不對？」
下村彩香沒有回答。我看著其他學生，每個人都移開了視線。
我問山本：
「森本老師爲什麼要表演高空彈跳？」
山本一臉快哭出來的表情，用求助的眼神看著下村彩香。
下村彩香再度開了口。
「自從奇比死了之後，我們完全不理老師，即使他和我們說話，我們也絕對不回答。結果老師問我們，怎樣才會原諒他。於是，大家討論之後，要求老師表演高空彈跳。如果老師願意從教室的窗戶表演高空彈跳，我們就願意原諒他。」下村彩香說到這裡，撲簌簌地流下淚水。她一邊哭，一邊說：「但我們並不是眞的想要老師這麼做，因爲我們猜想老師做不到，所以故意想要讓老師爲難……」
「沒想到森本老師當眞了，決定在教室的窗戶表演高空彈跳。」
「五月五日，我和杉村、鈴木還有山本四個人去田中家玩，回家時路過學校，看到森本老師在校舍的窗戶前。仔細一看，他用繩子和內胎綁了一個大布袋，從窗戶丟了下來。」

我點了點頭。我果然沒有猜錯。

「老師實驗了幾次之後，把繩子綁在自己的腳上，從窗戶跳了下來。沒想到……」

下村彩香再度哭了起來。鈴木接著說道：

「我想應該是森本老師的鞋子掉了，繩子從他的腳上鬆脫，結果老師就頭朝下掉落在地上。」

聽了鈴木的話，我回頭看著江藤。如此一來，就說明了森本老師爲什麼會脫掉鞋子這件事。

「爲什麼沒有馬上通知別人？」我問鈴木、山本和下村彩香。

山本戰戰兢兢地回答說：

「因爲，如果被別人知道老師表演高空彈跳的理由，一定會狠狠罵我們……。而且，老師好像已經沒救了……」

「的確是接近當場死亡的狀態。」江藤在我身後說道。

「繩子和內胎也都是你們收起來的嗎？」我看著山本和鈴木等人問道。

山本微微縮起下巴。

「因爲我們覺得必須隱瞞老師在練習高空彈跳這件事……。下村把內胎和繩子帶回家了，放在教室的布袋裡有五袋米和一個啞鈴，大家分頭搬去老師的車子上。車鑰匙就放在老師的口袋裡。」

「原來是這樣……」

我看向後方，江藤一臉愁容地站在那裡，森本老師的母親也一臉痛苦的表情站在他身旁。

「眞相似乎就是這樣。既不是自殺，也不是謀殺，而是森本老師爲了拉近和學生之間的距離而導致的不幸意外。」

刑警和森本老師的母親都沒有開口，兩個人都低著頭。

「我們知道自己很對不起森本老師……，所以，大家決定以後再也不要反抗老師。因爲這是我們唯一能夠做到的事……」

聽到下村彩香這番話，其他學生也都啜泣起來。

我深深地嘆了一口氣。

「各位同學，人都很脆弱，老師也是人，我也很脆弱，你們也很脆弱。既然大家都很脆弱，就必須在人生路上相互扶持，否則沒有人能夠得到幸福。」

學生都淚流不止，我不知道他們有沒有聽到我說的話。

第四章

地選

1

在第六節課還剩下十分鐘時，我看了牆上的時鐘，然後點了長瀨秋穗的名字。

「長瀨，妳再朗讀一次剛才的段落。」

坐在窗邊的長瀨秋穗一臉慌張，急忙拿起了國文課本，但似乎並不知道該朗讀哪裡。她漲紅了臉，翻著課本。我並不意外，因爲在我叫她之前，她都心不在焉地看著窗外。

「二十五頁第五行開始。」

聽到我的提醒，長瀨秋穗紅著圓圓的臉，開始朗讀起來。她很會朗讀課文，但今天讀得結結巴巴。

不光是長瀨秋穗，六年二班的所有學生從今天早上就開始不對勁，女生尤其明顯，從剛才開始，就有不少人像長瀨秋穗一樣在發呆。

第六節課快下課時，情況更加明顯。好幾個人都魂不守舍、心不在焉。雖然一方面是因爲我上課無聊的關係，但這也不是今天才開始無聊，據我的觀察，他們似乎因爲其他重大的事而分心。

雖然有可能是玩樂的事，但我覺得不太像，因爲學生臉上的表情並不愉快，甚至可以說有點不高興，有些人甚至看起來有煩惱。

只不過並不是所有人都這樣，根據我的觀察，至少田宮康平和他的幾個好朋友一如往常地很有精神，甚至感覺比平時更有精神，只不過他們也有點心神不寧。

只有班長宮本拓也和平時沒什麼兩樣。他成績優秀，運動能力也很強，挺直了身體坐在第一排，認眞看著課本。

第六節課下課後，我發了講義，傳達了學校的聯絡事項。當我問學生，有沒有什麼問題時，沒有人舉手。

「今天到底是怎麼回事？接下來有什麼活動嗎？」

我問學生，但沒有人回答我，我也不再追問。即使他們在放學之後玩什麼花樣，也和我這個代課老師無關。

放學後，除了打掃的値日生以外，所有人都匆匆離開了。平時通常都有幾個人留在教室聊天，所以今天明顯不太對勁。負責打掃的五個値日生也幾乎不發一語地低頭打掃，似乎想要趕快掃完。

是不是有什麼精采的電視節目？我只想到這個理由可以讓學生趕著回家。

值日生打掃教室時，我站在窗邊看著窗外。我這個代課老師去過不少學校代過課，每到一所新的學校，觀察周圍的風景成爲我的樂趣之一。

我目前是四季小學六年二班的導師，原來的班導師藤崎老師生病住院，我從六月一日開始接這個班級，今天是六月十日，在這段期間內，沒有發生任何問題。班上的學生都很開朗、善良，而且都很親切。姑且不論成績，如果只論生活態度，全班都可以算是優等生。

只不過他們太優等生了，反而讓我有點在意。

三天前，我剛好聽到班上幾個男生在聊天。他們在討論足球，談論日本籍選手中誰最帥。

「當然是M選手啊，他跑得快，傳球也很厲害。」

「不，如果論球技，當然是N選手，他都進了外國球隊。」

雙方意見分歧，我以爲他們會堅持己見，結果卻出乎我的意料。

「嗯……是啊，N選手也很厲害。」

其中一個男生輕易接受了對方的意見，另一個男生也說：

「嗯，M選手也很帥，之前和伊朗隊比賽時超猛。」

他們好像在刻意避免爭執。

善解人意、懂得體諒對方是好事，但他們的態度顯得有點不自然，好像很勉強。

「老師，打掃完成了。」

擔任值日生組長的女生走到我面前報告，我巡視了教室，打掃得很乾淨。

「辛苦了，你們可以回家了。」

聽到我這麼說，包括組長在內的五個值日生立刻拿起書包衝了出去。他們似乎也在趕時間。

我再度看向窗外，正前方有一棟超高樓層的公寓。

四季小學所在的這一帶以前有很多木材批發行，所以目前仍然可以在街上看到許多批發木材的店家。

但是，根據我的觀察，很少有木材批發行能夠只靠批發木材的收入撐下去。這所學校附近有好幾個月租停車場，幾乎都是木材行的土地，也有些店家拆除放木材的倉庫，不斷建造新的公寓大樓。那些木材批發行的老闆似乎都開始轉賣以前用來堆放木材的土地，維持店面的生計。

眼前這棟公寓應該也是用相同的方式建造起來的，在一片低矮老舊房子的住宅區內，這棟像煙囪般聳立的高樓建築很突兀。

我看著對面那棟公寓，想著這些事，看到四名少年從氣派的玄關大廳走了出來。我忍不住張大了眼睛，因爲這四個人都是我班上的學生。

田宮康平、吉井良太、金田雅彥和木村雄介四個人經常形影不離，一看就知道他們是搗蛋鬼，但他們似乎從來沒有欺負過班上的同學。

太奇怪了。我忍不住想。因爲這四個人中，沒有人住在那棟公寓，還是說，他們是去找住在那棟公寓的同學？

田宮他們幾個人樂不可支，笑著跑走了。

他們在幹什麼？——我關上窗戶時，思考著這個問題。

鎖好教室的門後，我回到了辦公室。像我這種代課老師並沒有專用的辦公桌，只能用目前正在住院的藤崎老師的桌子，但也不能擅自打開抽屜，只能借用桌面改考卷或是寫東西。

「今天有什麼事嗎？」

整理完畢後，我問學年主任山下老師。山下老師一頭留長的花白頭髮，看起來像老學究。

「有什麼事？」

「吸引學生的事，是不是有什麼活動或是特別的電視節目？」

山下老師偏著頭，看著貼在牆上的行事曆。

「不知道，我們班上的學生什麼都沒說。」

「是嗎？」

「怎麼了嗎？」

「不，沒事，那我先告辭了。」

說完，我走出了辦公室。

走出校舍，穿越操場，走向學校大門。四季小學的操場很小，如果在操場上打壘球，就沒有空間做其他運動了。

走出學校大門，我不經意地抬頭看向學校旁的公寓。就是剛才田宮他們走出來的公寓。

上面好像有動靜，我把視線移向上方，立刻瞪大了眼睛。

一個女生站在四樓的陽台上。不，如果只是站在陽台上，我當然不可能驚訝。那名少女站在陽台的欄杆上，她一隻手扶著牆壁，但好像隨時都會墜落。

下一刹那，我再度感到驚訝。因爲我認識站在欄杆上的那名少女。不，不只是認識而已，她剛才還和我一起在六年二班的教室內。

是長瀨秋穗。幾十分鐘前，她還在教室裡朗讀國文課本。

我想要大聲叫喊，但隨即忍住了。因爲她聽到我的聲音可能受到驚嚇，反而失足掉落。

長瀨秋穗並沒有發現我在樓下，她站在陽台的欄杆上一動也不動，也沒有往下看。

她打算跳樓——我立刻想到。

我巡視四周。雖然很想報警，但即使報警，也不知道長瀨秋穗會不會在警察趕到之前就衝動地跳下來。那該怎麼辦？我馬上衝上公寓的樓梯，衝進她所在的房間嗎？但是大門應該有自動門禁系統，無法擅自闖入。即使向管理員說明情況，管理員會放行嗎？不，現在不能浪費時間，即使有辦法進入她的房間，也未必能夠說服她。

學校的學生陸續從校門走了出來，他們似乎並沒有發現長瀨秋穗。幸好沒有注意到，如果他們喧鬧，長瀨秋穗可能在衝動之下跳下來。

我看著長瀨秋穗所站位置的正下方，那裡是柏油路面，一旦跳下來，完全沒有任何東西可以發揮緩衝效果。

這時，我看到長瀨秋穗閉上了眼睛。我從小視力就特別好。

完了，她要跳下來了。

我渾身冒著冷汗時，一輛小貨車緩緩駛過我面前。那是回收廢紙的小貨車，載貨台上放了大量報紙和紙箱。

就是它了。我心想。我走向小貨車的駕駛座。

「喂，車子借我一下。」

綁著頭巾的年輕男人露出驚訝的表情。

「你在說什麼啊?別開玩笑了。」

「那你看看那個。」

我指著上方，司機張大嘴巴「啊!」了一聲。

「借用一下。」

我把司機趕到副駕駛座，坐上了駕駛座，打了檔之後，緩緩駛了出去。

就在這時，不知道哪個笨蛋大叫一聲:

「啊!有人站在那裡!」

長瀨秋穗可能聽到了聲音，身體用力搖晃起來。

我用力踩下油門，輪胎發出摩擦聲，小貨車猛然向前衝。我用力轉動方向盤，讓小貨車停在公寓旁。

「掉下來了。」

從車窗探出頭看著上方的司機叫了起來。

當我駕駛的小貨車停在公寓旁時，隨著巨大的衝擊，有什麼東西掉在載貨台上。

2

我下車後看向載貨台，發現長瀨秋穗掉在成堆的舊報紙之間。她躺成了大字，一動也不動。

「長瀨！」

我爬上載貨台，搖晃著她的肩膀。她閉著眼睛，微微搖著頭。她似乎昏過去了。

我讓她繼續躺在那裡，下了車之後，再度坐上駕駛座。

「不好意思，要馬上去醫院。」我對小貨車司機說。

「啊？但我還在工作……」司機一臉爲難地嘟噥。

我用左手抓住司機的衣襟。

「你不是看到小孩子掉下來嗎？人命和做生意，哪一個更重要？」

「當然是人命……但要不要叫救護車？」

「現在要分秒必爭，哪有時間等救護車！」

我打了檔，發動了車子。這時，聚集了很多圍觀的人。我用力按著喇叭，趕走那些看熱鬧的人，驅車離去。

到了醫院後，立刻向櫃檯說明了情況，長瀨秋穗馬上被送去急救室接受治療。在等待治療期間，我通知了學校、報警，然後聯絡了長瀨的父母，但遲遲聯絡不到長瀨夫婦。他們夫妻兩人都在上班，家裡沒人。我請還在學校的老師查到了長瀨父親的公司，才終於聯絡到他。長瀨的父親難以相信女兒竟然跳樓自殺。

最先趕到醫院的是兩個身穿制服的警察，我和小貨車司機兩個人在醫院的候診室角落向警方說明了情況。

「所以，確定是她自己跳下來的嗎？」

戴眼鏡的警察聽完我們的說明後問道。

「對。」我回答。

警察點了點頭。

「如果有什麼狀況，請隨時和我們聯絡。」說完，警察就結束了問話。既然確定是自殺未遂，警方就不需要介入，他們或許也鬆了一口氣。

「我可以走了嗎？」

小貨車司機問我。「可以啊。」我對他說。

「現在連小學生自殺也不再是稀奇事，這個時代太可怕了。」司機說完，轉身離開了。

司機剛離開，學年主任山下老師和教務主任就出現了，兩個人都神情凝重。

「這到底是怎麼回事？爲什麼要自殺？你知道是什麼原因嗎？」教務主任一口氣問道。

「我才來十天左右，怎麼可能知道？」

我回答說，教務主任沒有吭氣，似乎覺得我說的有道理。

不一會兒，長瀨秋穗的父母同時趕到。她的父親穿著灰色西裝，繫著領帶。她的母親也穿著短袖套裝，兩個人都是從公司趕過來的。

我向他們簡單說明了情況，兩個人都一臉難以置信地搖著頭。

「秋穗爲什麼會做這種事……？」不到四十歲的年輕母親紅著眼眶說道。

這時，治療長瀨秋穗的醫生走了過來。他體格結實，看起來很可靠。

「醫生，秋穗的情況怎麼樣？」

長瀨秋穗的母親問道，醫生笑了笑說：

「沒有生命危險，只有左腳踝扭傷了，右肩半脫臼，都已經用石膏固定了，除此以外，並沒有大礙。我們也檢查了腦波，並沒有異狀。她從四樓墜落，只受了這麼一點傷，簡直是奇蹟，應該是舊報紙發揮了緩衝作用。」

「太好了。」長瀨的母親聽了醫生的話後說道，她的父親也鬆了一口氣。

「長瀨現在可以說話嗎？」我問醫生。

「現在因爲藥物關係睡著了，差不多兩個小時左右就會醒了。」

「那就先讓她好好休息。」長瀨的父親說道。

我們也表示同意。

醫生離開後，山下老師問長瀨夫婦，是否知道長瀨秋穗跳樓自殺的原因。長瀨秋穗的父親皺著眉頭，搖了搖頭說：

「也許你們會說我這個當父親的很失職，但我工作太忙，這一陣子都沒有和女兒聊天。據我的觀察，似乎和平時沒什麼兩樣……」

「親子之間必須多溝通。」教務主任抱著手臂。

「對不起。」長瀨秋穗的父親縮著身體說。

「那媽媽呢？有沒有想到什麼？」我問長瀨的母親，她摸著臉，微微偏著頭。

「我發現秋穗這一陣子悶悶不樂，好像在擔心什麼。我曾經問她，是不是有什麼煩惱，她回答說沒事。」

「會不會在班上遭遇霸凌？」教務主任看著我問道。

「看起來不像。」

「從表面看問題很危險。」

這時，山下老師插嘴說：

「不，六年二班的學生之間關係都很好，好到讓人覺得有點可怕，所以應該不可能有霸凌問題。」

「是嗎？那爲什麼要自殺？」教務主任垂著嘴角低吟著。

「呃，我想到一件事……也許並沒有關係。」長瀨秋穗的母親戰戰兢兢地說。

「什麼事？」我問。

「我之前曾經聽到秋穗講電話時，說了很奇怪的事。對方應該是班上的同學，她說什麼很在意地選的事，還說最好不要有什麼地選。」

「地選？地選是什麼？」

我問道，但長瀨秋穗的母親搖了搖頭。

「我也不知道，我還以爲老師會知道。」

我看向山下老師，但他似乎也不瞭解其中的意思。

「是不是怪獸的名字……」

教務主任幽幽地說。怎麼可能嘛。我忍不住想道。

3

長瀨秋穗跳樓的隔天，我在上第一節課之後問班上的學生：

「你們有人知道她選是什麼嗎？如果有人知道，告訴我是什麼意思。」

原本有些吵鬧的教室頓時安靜下來，而且幾乎所有人都低下了頭。

「宮本，你呢？你知道她選是什麼意思嗎？」我問班長宮本拓也。

但宮本一臉緊張地搖了搖頭說：「不，我不知道。」

「是喔。」

這些學生顯然有問題，但即使我再追問，他們也不會從實招來，所以我就不再多問。

我對班上同學說，長瀨秋穗發生意外，所以今天沒來上課。因爲教務主任要求別對其他學生說，長瀨秋穗自殺未遂這件事。但看這些學生的表情，他們似乎隱約察覺到了，尤其是田宮、吉井、金田和木村四個人看著長瀨秋穗的課桌竊竊私語著。我想起他們四個人昨天在她住的公寓附近打轉這件事。

上完第一節國文課，我指示宮本把所有學生的作業簿收齊後拿來辦公室。因爲前一天的作業要求他們寫漢字。

回到辦公室後，我去找山下老師，問他是否知道了地選的意思，山下老師搖了搖頭。

「我問了學生，他們都說不知道，而且看起來不像在說謊。」

「是嗎？」

所以只有六年二班的學生才知道「地選」的意思嗎？到底是什麼意思？

要來交作業簿的宮本拓也遲遲沒有來辦公室，我感到好奇，來到走廊上，走向教室，發現宮本蹲在樓梯角落。他翻開每個人的作業簿，另一隻手上拿了一張白紙，和作業簿比對著，似乎在檢查什麼。

「喂，你在幹嘛？」我問道。

宮本慌忙把作業簿闔了起來。

「對不起，我馬上拿過去。」

「你在幹什麼？」

「沒幹……我在檢查是不是所有人都交了作業。」

宮本抱著作業簿走向辦公室，我看著他細瘦的背影。

午休時，我接到了長瀨秋穗的母親打來的電話，秋穗要住院兩三天。

「她有沒有告訴妳，她爲什麼要跳樓的原因？」我問。

「沒有，」長瀨秋穗的母親用低沉的語氣說，「即使我問她，她也不告訴我，反而哭著叫我不要管她，我老公說，先讓她安靜一陣子……」

「有沒有問她地選是什麼意思？」

「我問了，她臉色大變地大發雷霆，問我從哪裡聽說的，爲什麼會知道，但什麼都不願意告訴我。」

地選顯然和她自殺未遂有關。

「但是，昨天我回家之後，發現了奇怪的東西。」長瀨秋穗的母親說。

「奇怪的東西？是什麼？」

「我在廚房的瓦斯爐上發現了燒過的紙。」

「燒過的紙？知不知道燒的是什麼紙？」

「我猜想應該是明信片。」

「明信片？」

「對，因爲還有一小部分沒有燒到，上面印了寫郵遞區號的格子。」

「是喔……」

既然這樣，應該就是明信片了，但她爲什麼要燒明信片？

「只有一張明信片嗎？」

「不，有好幾張，因爲燒掉了，所以我也說不出明確的數字，我猜想大概燒了十到十五張左右的明信片。」

「燒了這麼多明信片……」

我握緊電話，感到難以理解。

4

午休結束的鈴聲響了，我走出辦公室，準備去上第五節課。

我沿著樓梯走去六年二班的教室，樓上傳來吵鬧的聲音，但並不像是學生沒有察覺午休已經結束，繼續在玩耍的聲音。

「你們兩個人別打了。」

「宮本，快住手。」

是我班上學生的聲音，似乎有人在打架。這個班最大的優點就是學生都很乖巧，沒想到竟然有人會打架，而且其中一人竟然是班長宮本拓也。

我衝上樓梯，看到學生都聚集在走廊上，宮本拓也和內山健太在人群中間，被其他人拉住了。內山功課並不好，但很有幽默感，是一個風趣的孩子，所以大家都很喜歡他，看到他會和別人打架也讓我感到意外。

「放開我。」

宮本搖晃著身體，對抓著他手的同學說。他的雙眼瞪著內山。

「根本是你的錯，既然你這麼生氣，取消地選就好了啊。」內山對宮本大吼道。

地選——我清楚聽到了這兩個字。

學生終於發現了我，所有人立刻閉了嘴，三三兩兩地走進教室。宮本也氣鼓鼓地走了進去，內山似乎不願意和宮本一起走，所以在走廊上等了一下。

「喂，內山。」

我叫住了他，內山緊張地轉過頭。因爲剛才和宮本扭打成一團，所以他的衣服和臉都髒了。看到他沒有受傷，我鬆了一口氣。

「你過來一下。」

聽到我這麼說，內山害怕地後退著，我把手放在他的肩上說：「你跟我來。」

內山似乎終於放棄抵抗，點了點頭。

我讓內山坐在樓梯上，我站在那裡低頭看著他。

「我剛才聽到了，你是不是知道什麼是地選？告訴我，地選到底是什麼？」

內山沒有說話，一直低著頭。

「你不想回答嗎？長瀨就是因爲地選才會發生那種事，你還打算繼續沉默嗎？」

內山嘟著嘴，抓了抓頭。

「你去問宮本，當初是他提出來的。」

「我希望你告訴我，快告訴我，你是因爲地選才會和宮本打架吧？既然這樣，告訴我有什麼關係？」

我在內山身旁坐了下來，內山似乎還在猶豫，但終於開了口。

「五年級時，班上曾經票選最受歡迎的同學，剛開始很熱鬧，但慢慢就膩了，之後有人提出，那就來票選最不受歡迎的同學，投票給自己最討厭的人，全班選出第一名最討厭的人。」

「這個點子太糟了。」

我驚訝地說。

「但後來覺得這樣不太好，萬一被公布是全班最討厭的人，一定會很難過。於是有一天，宮本想到一個奇怪的主意，要用明信片投票。」

「明信片？」

「決定投票的日子後，在那一天，在明信片背後寫上×字，寄給自己討厭的同學，寄件人的地方什麼都不寫。第二天，寫了×字的明信片就會寄到被討厭的同學手上，根據明信片的張數，就知道有多少人討厭自己。但是其他人並不知道誰收到了幾張明信片，所以也不會丟臉。」

「喔，原來是這樣。」

我不由得佩服這種設計。

「因為沒辦法知道誰是大家最討厭的人，其實不怎麼好玩，但任何人都不想收到這種明信片，所以平時的行為就會努力避免惹大家的討厭，有助於改善班上的氣氛，最後決定開始用這種方式票選。」

我恍然大悟，難怪六年二班的學生都很乖巧認眞。昨天大家都心神不寧，是因為是收到明信片的日子。

「這就是地選嗎？」

「嗯，票選最受歡迎的同學就是正常的票選，這是地下票選，所以就叫地選。」

「地下票選喔，那你為什麼和宮本打架？」

我問道，內山皺著眉頭，用力抓著頭。

「因爲我寄了明信片給他。」

「你把寫了×的明信片寄給宮本嗎？」

「嗯，」內山點了點頭，「我不喜歡地選，用無記名的方式寄這種明信片太卑鄙了。如果不喜歡某個人的某些地方，可以當面說啊，所以我以前從來沒有寄過明信片，我眞的沒寄過。除了我以外，應該也有很多人從來沒寄過，只有宮本這種人玩得很開心，因爲他覺得絕對不會有人討厭他，所以才那麼投入。」

「喔喔，」我點了點頭，「所以你想挫挫他的銳氣。」

「我覺得要教訓他一下，讓他瞭解收到×字明信片的人是怎樣的心情。沒想到他發現是我寄的，所以來找我算帳，問我爲什麼討厭他。那傢伙太自私了，但他爲什麼會知道是我寄的呢？」

內山說完，偏著頭感到納悶。

我猜想應該是透過比對筆跡知道的，宮本剛才在檢查國文作業簿，應該是在和自己收到的明信片進行比對。

我想起長瀨秋穗母親的話，她說長瀨秋穗燒了很多明信片，原來是地選的明信片。

「內山，長瀨會被大家討厭嗎？」

「不，我想應該不會。聽說長瀨墜樓時，我想過會不會是收到很多地選的明信片，因爲想不開而自殺，但她絕對不可能被同學討厭，她對大家都很好啊。」

「是喔。」

我抱起雙臂，一個想法浮現在我腦海。

我帶著內山回到教室，所有人都神色緊張地坐在那裡。

「田宮、吉井、金田、木村。」

我叫了這四個人的名字，看著他們的臉。四個人都驚訝地挺直了身體。

「放學後，你們跟我去一個地方，要去看長瀨。」

四個人聽了我的話，緊張地互看著。

5

我敲了敲病房的門，長瀨秋穗的母親探出頭。

「原來是老師，啊，還有同學也來了。」

她看著我身後四個搗蛋鬼。

「因爲他們一再要求來探視，所以我就帶他們來了。」

「是嗎？眞是太感謝了，請進。」

我走進病房，長瀨秋穗正在床上看書，一看到我，立刻把頭轉到另一側。

「秋穗！」

她的母親責備她。

「不，沒關係。——喂，你們也趕快進來。」

我叫著還在走廊上磨蹭的田宮和其他人，四個人略帶遲疑地走進了病房。

「長瀨，這四個人想要向妳道歉。」

我對長瀨秋穗說，她緩緩地轉過頭。

「對不起，」田宮先向她鞠躬，「那些明信片是我們寄的，我們只是鬧著玩的，對不起。」

田宮說完，另外三個人也異口同聲地道歉說：「對不起。」

長瀨納悶地看著我。

「妳不是收到十六張地選的明信片嗎？都是他們幾個寄給妳的。」

「啊？」

長瀨瞪大了眼睛。

「眞的嗎？」

「是啊，對不起。」

田宮再度鞠了一躬，其他人也都跟著鞠躬。

「爲什麼要這麼……」

「我們沒有惡意，只是覺得好玩。」

「原來是這樣……」

長瀨秋穗突然啜泣起來，四個搗蛋鬼慌了手腳。

「對不起，對不起。」

「我們下次不會再這麼做了。」

「長瀨，請妳原諒我們。」

秋穗用手掌擦著眼淚，搖了搖頭。

「沒關係，我不是在生氣，只是想到原來大家沒有討厭我，就開心得哭了。因爲我之前覺得被那麼多人討厭，還不如死了算了。」

「沒有人討厭妳，我們之所以挑選妳作爲開玩笑的對象，也是因爲覺得誰都不會討厭妳。既然要寄地選的明信片整別人，當然是整這種人比較好玩。」

「大家眞的沒有討厭我嗎？」秋穗抬眼看著他們。

「別擔心，眞的很對不起。」

四個搗蛋鬼再度深深地鞠躬。

因爲我想起在長瀨秋穗跳樓自殺前，曾經看到田宮他們在她住的公寓門前打轉，所以懷疑是他們幹的。我問了他們，他們說，他們只是去看信箱，確認自己寄出去的地選明信片有沒有順利寄到。

「每個人當然都有喜歡或討厭的人，但有一件事很確定，喜歡別人可以有很多益處，但討厭別人很少有什麼好處，所以根本不需要特地找出自己討厭的人。」

四個男生和長瀨秋穗聽了我的話，都點著頭，田宮代表大家說：

「我也這麼覺得，都怪宮本想出這麼奇怪的點子。」

「他現在應該也很後悔。」

說完，我向他們扮了一個鬼臉。

第五章

ム人タト

1

隨著起跑的號令，我按下了馬表，看到中山瞬像箭一樣衝出起跑線。他的個子並不高，但參加了少年足球隊，所以雙腳很靈活，比之前所有學生都跑得快。

中山衝過我面前，速度完全沒有變慢。我看了馬表，果然不出所料，是到目前爲止最好的成績。

我向大家宣布後，中山興奮地做出勝利的姿勢。

「中山果然是第一名，我早就猜到了。」

「他的速度超快的。」

「他的兩隻腳好像風輪一樣。」

「不愧是體育股長，接力賽的最後一棒一定就是中山。」

周圍的其他學生發出感嘆的聲音。

「安靜點，還有其他人沒跑完呢。」

我提醒道，那些看熱鬧的學生縮起脖子，閉上了嘴。

五輪小學將在星期天舉行運動會，身爲六年三班的導師，我今天利用體育課的時間確認學生的跑步速度。因爲運動會的比賽項目中有班際接力賽，必須決定參加接力賽的成員。我讓每個學生依次跑五十公尺，用馬表測量時間，挑選成績最好的五名學生參加接力賽。

我從九月開始來五輪小學代課，並沒有特別偏愛這個班級，老實說，我根本不在乎運動會的成績，但有不少學生很期待一年一度的運動會，而且既然參加比賽，每個人都不想輸，所以我決定用這種方法決定參加接力賽的成員。

「中山，你是體育股長吧？」

我問剛跑完，還在用力喘氣的中山。

「對。」他皺著臉回答。

「我記得有一張紙上寫著運動會的項目，要塡寫參賽選手的名字，你有沒有帶在身上？」

「啊，我放在教室了。」

「那你和女生的體育股長一起去教室拿，呃，女生的體育股長是誰？」

「是我。」

日下繪里站了起來。她個子矮小，曬得很黑。

「好，那趕快去拿來。」

聽到我的指示，兩個人一起跑向校舍。

除了接力賽以外，還有好幾個比賽項目要決定參賽選手。兩人三腳、障礙賽和借物賽跑。雖然五輪小學應該不至於是受到學校名字的影響，只不過眞的很注重學生的運動能力，運動會的項目也比其他學校豐富。

得知九月要來這所學校當代課老師時，我心情有點鬱悶。因爲光爲這些自以爲是的學生上課就已經夠辛苦了，要讓學生在運動會這種活動中乖乖聽從指示，根本是不可能的任務。想像到時候的辛苦，就讓人感到厭煩。

得知要接六年級的班級時，我更覺得眼前一片漆黑。六年級在運動會結束之後，就要參加畢業旅行。畢業旅行要過夜，幾十個學生不可能乖乖聽話。我只能告訴自己，只要不發生重大意外就好。

雖然我帶著這樣的心情，但學生個個都樂不可支。接下來有運動會、畢業旅行都是重要的活動，他們當然難掩興奮。

學生還在依次跑五十公尺，他們一個又一個從起跑點出發，跑過我的面前。我每次都看了馬表，沒有人能夠打破中山瞬的紀錄。

在起跑線指揮的學生一聲令下，矢野將太衝出起跑線，我再度按下了馬表。

周圍的學生立刻竊聲笑了起來。因爲矢野跑步的姿勢太滑稽了。矢野很胖，腿又很短，腳步凌亂地踩在地面上奔跑，完全沒有中山那種富有節奏的跳躍感，當然速度也不可能快，而且因爲體重很重的關係，才跑沒幾步，馬上露出痛苦的表情，臉也變得通紅。

落後其他學生一大截的矢野終於跑到了終點，學生的笑聲也從竊笑聲變成了放聲大笑。

「他是怎麼回事？也跑得太難看了。」

「他用滾的還比較快吧。」

我再度瞪著那些學生。他們雖然閉了嘴，但臉上仍然帶著嘲笑。

這時，回去教室拿報名表的日下繪里跑了回來。不知道爲什麼，只有她一個人，不見中山瞬的身影。

「老師，有人在教室裡放了奇怪的東西。」

日下繪里上氣不接下氣地說。

「奇怪的東西？什麼東西？」

「好像是信，放在黑板前……。因爲有點不太對勁，所以我們沒有拿起來看，就直接來找你了，中山在教室裡守著那封信。」

「信？」

即使聽了日下繪里的說明，我也完全不瞭解是怎麼一回事。於是我要求其他學生練習兩人三腳，和日下繪里一起去六年三班的教室察看情況。

三班的教室位在校舍的三樓。一口氣衝上樓梯時，肺部似乎有點吃不消。我也有點缺乏運動。

打開教室的門，中山一臉不知所措地站在黑板前。

「喂，中山，奇怪的信在哪裡？」

「這裡。」

中山指著黑板。

我走向黑板，中央豎著放了一個白色信封，看到旁邊用粉筆寫的字，我皺起了眉頭。因爲我看不懂那是什麼意思。

粉筆直寫著『老師ム人タト不可打開』。

『老師』這兩個字當然沒問題，『不可打開』也看得懂。

「『ム人タト』是什麼意思？」

我問中山和日下繪里。

他們也都搖頭說不知道。

我拿起信封，白色的信封上貼了三個不知道從什麼印刷品上剪下來的字。那是電視劇中綁匪寄恐嚇信時經常使用的手法，目的是爲了避免被查出筆跡，但最近可能因爲文字處理機和電腦的普及，即使電視劇中，也很少使用這種手法。

信封上縱向貼了『給』、『學』、『校』這三個字。

「簡直就像是江戶川亂步筆下的怪盜『怪人二十面相』寄的信。」

我對他們兩個人說，但他們都露出錯愕的表情。這也難怪，時代太久遠了，其實我也不是很瞭解二十面相的故事。

「有沒有剪刀?」

我問。因爲信封用黏膠黏得很緊。

日下繪里借給我一把紅色的可愛剪刀,我小心翼翼地剪開信封,裡面有一張信紙,上面也剪貼了許多印刷的字。看了信上的內容,我發現自己的臉色凝重起來。

『停止』、『舉辦』、『畢業旅行』、『否則』、『我』、『就』、『要』、『自殺』、『這』、『不』、『是』、『開玩笑』

2

「停止舉辦畢業旅行，否則我就要自殺，這不是開玩笑……是喔。」

上原校長看了信上的內容，抱著雙臂，發出了低吟。他鼻子下的白鬍子搖晃著，嘴角垂了下來。

「怎麼辦？」

站在校長辦公桌旁的赤村教務主任問道。他很瘦，戴了一副金框眼鏡，看起來很像是能幹的銀行人員。

「眞傷腦筋啊。」

校長用力靠在看起來很軟的椅背上。

「知道是誰幹的嗎？」

校長並不是問赤村主任，而是問六年級的學年主任，也是一班導師的橫井老師，和二班的導師岩瀨老師和我。五輪小學的六年級只有三個班級。

橫井老師是五十歲左右的女老師，說話輕聲細語，也不會凶學生，學生都很喜歡她。岩瀨老師是一個很不起眼的中年男子，感覺像影子一樣，我知道學生給他取了「沙丁魚」的綽號。

「光靠這些線索……」

橫井老師徵求站在她身旁的我們的同意，我點了點頭說：

「因爲這封信放在我們教室，代表並不是我們班上的學生放的。」

「喔，」教務主任噘著嘴，「你倒是很有自信嘛。」

「因爲這封信是在我們上體育課的時候出現在教室，最後離開教室的四個學生都說，他們離開時，並沒有看到那封信。上體育課的時候也沒有人中途離開，只有兩名體育股長因爲我的指示離開了操場。」

「是他們發現了那封信吧？」

橫井老師向我確認。

「沒錯。」我回答。

「其他班級的學生爲什麼特地放去你班上的教室？」

校長問。
「可能不想被人知道眞實身分吧。」
這是很明顯的事，所以我很乾脆地回答。
「你的意思是，是六年一班或是二班的學生幹的？」教務主任問。
「應該吧。」
「但是，三班上體育課的時候，一班和二班也在上課，如果上課時離開，老師應該會特別注意到吧？」
聽到教務主任的問話，橫井老師向前走了一步說：
「我們班在上社會課，但我並沒有發現學生中途離開教室。」
「我們班在上自然課，也沒有人離開。」岩瀨老師也小聲地回答。
「今天有沒有人請假？」
教務主任問包括我在內的三個老師。他似乎懷疑請假的學生偷偷溜進學校。
但是今天六年級的學生完全沒有人缺席，一百多名學生全都出席，一整年都難得有這種日子。

「這是怎麼回事?那封信到底是誰放的?」
校長抱著頭髮已經花白的腦袋。

3

學校方面的當務之急，就是決定要不要報警。

「再繼續觀察一下，目前的首要任務，是讓星期天的運動會順利進行。離畢業旅行還有一段時間，也許寫信的人會在這幾天自首。」

校長說道，他似乎不想讓事態擴大。我只希望不要把事情拖到無可挽回的時候再來解決。

話說回來，爲什麼有人想要阻止畢業旅行？通常學生不是都很期待遠足和畢業旅行嗎？

第六節國文課時，我提前上完了課，和學生討論畢業旅行的事。這次要去伊豆，我問學生是否瞭解伊豆。

「《伊豆的舞孃》。」

有一個男生立刻回答。是矢野將太。我看著他，點了點頭。

「是啊，《伊豆的舞孃》是很著名的小說，你知道作者是誰嗎？」

「川端康成。」

矢野馬上回答。大家都說現在的小孩不看書，顯然也有例外。其他學生臉上的表情顯示他們根本沒聽過川端康成這個名字。諾貝爾文學獎作家也臉上無光。

「其他還知道什麼？」

我看著其他人的臉，沒想到矢野再度發了言。

「《天城山奇案》。」

我有點驚訝地看著矢野的圓臉。

「你也知道《天城山奇案》嗎？」

矢野點了點頭說：「作者是松本清張。」

「是喔，你知道得眞不少啊，你看過嗎？」

我問，矢野開心地點了點頭回答說：「對。」他應該很喜歡閱讀，雖然他不擅長跑，但在閱讀方面的知識似乎並不輸人。

就在這時，坐在最前排的關口順平大叫了一聲：

「咦？奇怪了。」

「怎麼了？」

我問關口，關口抓著頭說：

「我放在課桌裡的畢業旅行手冊不見了。」

「手冊嗎？」

畢業旅行手冊是老師做的小冊子，上面寫著旅行必需用品一覽表和旅行中的注意事項，還有幾首歌的歌詞，昨天發給所有的同學。

「你確實放在抽屜裡嗎？」

「對，在上體育課之前，絕對在抽屜裡。」

所以是在上體育課時被偷的嗎？我想到了那封信，手冊和那封信有關係嗎？

「你再仔細找一下，如果還是找不到，明天再去老師辦公室領一份，應該有多印幾份。」說完，我巡視著班上的學生。

之後，我要求體育股長中山瞬和日下繪里決定運動會的出場名單。首先參考體育課時跑步的成績，挑選了五名跑得快的男生參加接力賽，中山當然也在其中。

參加借物賽跑和障礙賽的成員也陸續決定了，即使沒有參加這些項目的比賽，全班學生都要參加五十公尺賽跑和拔河比賽。

當所有項目的成員都決定後，中山瞬站了起來。

「我們要加油，爭取冠軍！」

不愧是體育股長，卯足了全力迎接運動會。

4

放學後，值日生打掃教室時，矢野走到我面前。

「老師，畢業旅行時，我可以帶攝影機嗎？」

「攝影機？應該沒問題，但我還是會去確認一下。」

矢野瞇起眼睛笑了起來。

「太好了，我還擔心萬一老師說不行就慘了。因爲我想拍《伊豆的舞孃》和《天城山奇案》的舞台。」

「你很喜歡看書嗎？」

聽到我這麼問，矢野笑著搖了搖頭。

「我不是喜歡看書，而是喜歡看電影。」

「原來是這樣，《伊豆的舞孃》和《天城山奇案》的電影也很有名，所以你以後想當電影導演嗎？」

矢野有點害羞地回答說：「對。」

「那運動會的時候，你要不要也帶攝影機？奧運不都有拍紀錄片嗎？」

矢野低下了頭，用手抓著頭說：

「呃，那個……運動會就不必了。」

「是喔。」

矢野原本興奮的臉突然愁容滿面，我猜想他對紀錄片沒什麼興趣。

打掃值日生日下繪里走了過來。

「老師，我在垃圾桶裡找到這個。」

她遞給我一本白色封面的小冊子，就是畢業旅行手冊。有人揉成一團丟進了垃圾桶，所以皺成了一團。一看封面，上面字跡潦草地寫著關口順平的名字。

「這不是關口的手冊嗎？喂，關口。」

我叫著正在教室角落玩耍的關口，把皺巴巴的手冊遞給他，他瞪大了眼睛。

「啊，這是我的手冊。老師，這是我的，絕對沒錯，王八蛋，是誰幹的？」

關口怒不可遏。

「你知道是誰嗎？」我問。

關口搖了搖頭。

「我想不到誰會對我做這種事。王八蛋，太過分了，啊，而且還把這裡剪破了。」

關口打開手冊，皺起眉頭。

「剪破了？哪裡？給我看一下。」

我從關口手上接過手冊，第一頁的確被剪破了。那一頁寫了『畢業旅行的心得』，標題的『畢業旅行』四個字被剪掉了，只剩下『　　的心得』。

我突然想到那封信。

「這個借我一下。」

我對關口說完後，拿著那本手冊走出教室。

我走進辦公室，尋找學年主任橫井老師的身影。她正在窗邊的座位改考卷。我快步走了過去。

「橫井老師，那封信在妳那裡嗎？」

我小聲地問。

「信在校長那裡，但我有影本。」

「可不可以借我看一下？」

「喔，好啊。」

橫井老師從抽屜裡拿出一張影印紙，就是那封信的影本。我把關口的手冊和信的影本比較後，點了點頭。

「沒錯，果然就是這樣。」

「怎麼了？」

橫井老師一臉納悶的表情，我把關口的手冊遞到她面前，並告訴她，這本手冊被人丟在垃圾桶裡。

「信上的『畢業旅行』四個字，就是從這本手冊上剪下來的。」

「嗯，真的好像是這樣。」橫井老師也比較著手冊和那封信的影本後點了點頭，「關口說，上體育課前，手冊的的確確在抽屜裡，對嗎？」

「沒錯。」

「所以，這封信的主人是在你們班級上體育課時偷偷溜進教室，製作了這封信。」

「應該是，但如果是這樣，就有點奇怪。」

「奇怪？什麼意思？」

我在橫井老師面前翻著關口的那本手冊。

「妳看了就知道，從這本手冊上，只剪下了『畢業旅行』這幾個字。其他地方都沒有剪。」

「好像是這樣。」橫井老師點著頭。

「那封信上剪貼了『停止』、『舉辦』、『畢業旅行』、『否則』、『我』、『就』、『要』、『自殺』、『這』、『不』、『是』、『開玩笑』這些字，『畢業旅行』以外的字是從哪裡來的。」

「可能是從其他雜誌或報紙吧。」

「我也這麼認爲，既然這樣，爲什麼『畢業旅行』這四個字要從手冊上剪下來？」

「可能其他雜誌和報紙上找不到『畢業旅行』這四個字。」

「是這樣嗎？即使找不到畢業旅行這四個字，也可以找畢、業、旅、行，一個字一個字貼上去。我覺得只要看一下報紙，就可以輕易找到這四個字，根本不需要特地偷別人的手冊。」

「聽你這麼說，好像也有道理。到底是怎麼一回事？」

橫井老師摸著臉頰陷入了沉思。

就在這時，赤村教務主任神情慌張地向我們走來，額頭上冒著汗水。

「出事了，剛才接到了電話。」教務主任喘著氣說。

「電話？誰打來的？」橫井老師問。

「就是寫信的人，我剛好接到那通電話，對方劈頭就問，有沒有看到放在六年三班教室的信。」

「對方當然沒有報上名字吧？」我問。

教務主任點了點頭。

「我要求對方先說名字，但對方還是不說，但確定是男生，電話中的聲音很模糊，聽不太清楚。」

我猜想打電話的人應該用手帕捂住話筒，改變說話的聲音。

「對方說什麼？」我繼續追問。

「如果在星期六之前不宣布停止，就一定會自殺──說完就掛上了電話。」

「星期六……」

我看向月曆。今天是星期四。

5

那天晚上，解開了其中一個謎團。

我在自己家裡分析到底是誰寫了那封信，卻遲遲想不到合理的推理。

第一個疑問是寫在黑板上的那句『老師ㄙㄖㄆㄊ不可打開』，我至今仍然搞不懂『ㄙㄖㄆㄊ』是什麼意思。

我用簽字筆在報紙夾報廣告背後寫了好幾次『ㄙㄖㄆㄊ』，懷疑是不是哪位老師的綽號，但無論怎麼想，都覺得這個綽號太奇怪了。

我把夾報廣告丟在一旁，躺在沙發上。我只是區區代課老師，爲什麼要爲這種事傷腦筋？我越想越火大。

我拿起遙控器想要看電視，這時，剛好瞄到廣告單，看到了橫向寫的『ㄙㄖㄆㄊ』。

一個靈感閃過我的腦海。

第二天，我提早去了學校，調查了班上同學的家庭背景，之後，又向幾位老師打聽了情況，確認六年三班在上體育課時，他們的班級在上什麼課。最後終於分析出是誰寫了那封信。

只是還有一個問題。我雖然已經知道誰寫了那封信，但並不知道他爲什麼要寫那封信，我無論如何都想不透，爲什麼他希望停止舉辦畢業旅行。

我在辦公室內陷入苦思，學年主任橫井老師一臉憂鬱地走了過來。

「聽說昨天晚上，寫那封信的人打電話去了校長家裡。」

「又打去校長家裡嗎？這次又說了什麼？」

「如果不在星期六早上宣布停止，他眞的會自殺——說完之後，就掛上了電話，校長根本來不及問他的名字。」

「離畢業旅行還有一段時間，看來這傢伙很著急嘛。」

「是啊，在此之前還有運動會，我們現在滿腦子都想著辦好運動會的事。」橫井老師一臉無奈的表情。

「我知道了！」我站了起來。

橫井老師嚇了一跳，身體向後仰。

「你怎麼了？」

「那封信在校長手上吧？」

「對，是啊。」

我離開橫井老師身旁，走去校長室，要求上原校長給我看那封信。

「你有什麼線索了嗎？」

「對，應該八九不離十了。」

校長從辦公桌抽屜裡拿出那個信封，我從信封中拿出那封信，然後站在窗邊，把信放在太陽下。

「你在幹什麼？」

上原校長問。

「我搞懂了其中的玄機。」

說完，我對校長露齒一笑。

6

這一天，上完第六節課，我對學生說：

「後天就是運動會的日子，運動會結束之後，又要去畢業旅行了。我知道大家都很期待這兩個活動，爲了讓這兩個活動更有意義，我有一個提議。」

學生聽了，都雙眼發亮地期待著。

「首先是運動會，我想找人用攝影機拍下我們班的同學在運動場上活躍的身影。電視上不是也經常有奧運集錦嗎？我想要拍那樣的集錦。」

學生頓時議論紛紛。

「聽起來很好玩。」

「但好像很麻煩。」

「誰來拍？」

「安靜！」我要求學生安靜下來。

「其實老師已經決定由誰來拍了。」

說完，我看向矢野將太。

「矢野，那就麻煩你了。」

矢野突然被點到名，瞪大了眼睛。

「啊？我……」

「對，我任命你當攝影師。除此以外，我還有另一個提案。畢業旅行的第一天晚上要舉行班際遊戲大賽，我們班要推派一名作戰隊長。因爲既然要參加比賽，當然想要贏，我決定請兩位體育股長擔任作戰隊長。」

「啊！」中山瞬大聲叫著，「爲什麼要我當作戰隊長？」

「因爲我覺得你很適合，你就當作是運動會的延續。日下，妳願意嗎？」

「我沒問題啊。」日下繪里坐在座位上點著頭。

「各位同學，大家覺得怎麼樣？運動會時，由矢野負責攝影，畢業旅行的遊戲大賽時，由中山和日下擔任作戰隊長，怎麼樣？如果誰有意見，就趁現在說出來。」

這些學生當然不可能有意見。

「那就這麼決定了。」我看向中山和矢野。

兩個人都一臉茫然的表情。

放學後，我把他們兩個人找來，然後帶著他們來到校舍的頂樓露台。

「你們兩個人怎麼都無精打采？是因爲老師安排了你們不想做的工作，所以很生氣嗎？」

我低頭看著他們兩個人，但他們什麼都沒說，中山看著遠方的風景，矢野低著頭。

我從口袋裡拿出那封信，他們瞥了我一眼，露出緊張的神情。

「矢野，這封信是你寫的吧？」

「這是什麼？我不知道。」矢野搖著頭。

「你別再裝糊塗了，我已經知道，你請讀三年級的弟弟在我們上體育課時放在教室的黑板上。你別想再隱瞞，趕快說實話。」

矢野閉上嘴巴，再度低下頭。他的態度已經承認了一切。

我之所以會懷疑矢野，是因爲『老師ム人タト不可打開』這句話。我一直猜不透『ム人タト』的意思，但昨天橫寫之後才發現，其實原本是『以外』這兩個字。原本要寫『老

師以外不可打開』，但爲什麼會寫成『ム人夕ト』呢？

只有一個原因，那就是寫信的人和放信的人並不是同一個人。寫信的人爲了讓自己有不在場證明，所以找了一個共犯。寫信的人在便條紙上橫著寫了『老師以外不可打開』幾個字，然後把裝了那封信的信封交給共犯，並指示共犯在六年三班上體育課時，把信封放在黑板上，同時把便條紙上的字寫在黑板上。

但是，共犯把便條紙上的字抄在黑板上時不小心直著寫了，而且因爲共犯不認得『以外』這兩個漢字，所以把橫寫的『以外』這兩個字，拆成了『ム人夕ト』這四個筆劃簡單的字，然後直寫在黑板上——

推理到這裡，之後就簡單了。我尋找班上哪一個同學的弟弟或妹妹也在這所學校，而且調查了哪一個弟弟或妹妹，有可能在那堂課時溜出教室。最後發現矢野將太的弟弟健太有這個機會。矢野健太是三年二班的學生，當時他們在上美勞課，全班學生都在屋頂露台畫附近的風景寫生，所以他有機會假裝回去教室拿忘了帶的東西而暫時離開，偷偷溜進六年三班的教室。

「你老實告訴老師，爲什麼要這麼做？」

即使我這麼問，矢野仍然沒有回答，只是滿臉通紅地低著頭。

「是因爲你跑得慢，擔心比賽時跑最後一個嗎？怕大家嘲笑你嗎？」

矢野輕輕點頭，我嘆了一口氣。

「竟然因此做這麼無聊的事，即使賽跑時跑最後一個又怎麼樣呢？只不過很遺憾，你的計畫一開始就失敗了，你看看這個，這和你製作的信不太一樣吧。」

我打開信封，從裡面拿出紙放在矢野面前。

矢野驚訝地張大了眼睛。

「沒錯，這上面寫的是『停止舉辦畢業旅行』，但你當初製作的並不是這樣。你的信上寫的是『停止舉辦運動會，否則我就要自殺』。但是，第一個看到這封信的人把『運動會』三個字撕了下來，從畢業旅行手冊上剪了『畢業旅行』四個字，重新貼了上去，所以我和校長，還有其他老師完全沒有去思考要不要停止舉辦運動會這件事。」

「是誰做這種事……」

「就是站在我們面前的中山。他發現了這封信，趁日下去叫我的時候，偷偷看了信的內容，立刻想到改變信的內容。是不是這樣？」

我在問話時看著中山，中山一臉不高興，但可能知道已經瞞不住了，嘟著嘴說：

「因爲我不希望學校停辦運動會……，而且也很期待運動會啊。」

「是啊，你跑得很快，絕對可以成爲運動會上的閃耀明星，但是，既然這樣，只要把那封信丟進垃圾桶就好了啊，根本不需要重新貼上『畢業旅行』那幾個字。」

中山咬著嘴唇，我低頭看著他，繼續說道：

「五年級的課外教學時，你也請假缺席了，這次的畢業旅行，你是不是也有什麼原因不想去？所以看到矢野的信時，就想要利用那封信，希望校方停止舉辦畢業旅行，對不對？」

中山把雙手插在長褲口袋裡，一隻腳踢著地面。

「我四年級的時候動過一次手術，是盲腸的手術。手術似乎不太順利，所以留下很難看的傷口，所以……」

「你擔心洗澡時被同學看到，所以不想參加住宿的旅行嗎？」

「對。」中山小聲回答了我的問題。

「眞是傷腦筋的傢伙，喂，你們打算以後也用這種方式逃避自己不喜歡的事嗎？我告訴你們，人生沒這麼好混，不可能就這樣輕易躲過去，你們跟我來。」

我帶他們來到頂樓露台的鐵網旁。

「你們看看下面，是不是有很多人？學校的操場上也有人，馬路上也有人走來走去，路上行駛的車輛中，也都有人坐著。你們下樓之後，也只是這麼多人中的一個。每個人都很渺小，你們不覺得無論跑得很快或很慢，無論肚子上有沒有疤痕，對整個世界來說，都是微不足道的事嗎？雖然有些人會嘲笑或是調侃這些微不足道的事，但是，那些人不可能一輩子都在意你們的事，大家很快就會忘了矢野跑得很慢，中山的肚子上有疤痕這種事，但如果你們自己一直爲這種事沮喪消沉，不是很愚蠢嗎？你們要思考格局更大的事，無論面對任何事，都不可以逃避，這個世界上沒有任何事可以用逃避解決，知道嗎？」

我問他們兩個人，他們有點遲疑地點了點頭。

「好，那就要讓運動會和畢業旅行都很精采，爲此，你們都要加油，知道了嗎？」

聽到我這麼問，兩個人用比剛才稍微有力的聲音回答說：「好。」

第六章

神的水

1

我把水管接在水龍頭上，打開了自來水的開關，水立刻從蓮蓬頭式的噴水槍衝了出來。

我拖著長長的水管，在花圃握著噴水槍四處走動澆水。三色堇的花瓣被水噴得左右搖擺。

今年四月，我來這所六角小學當代課老師。我目前是六年三班的導師，他們五年級時的導師請產假，所以請我來代課。在暑假之前，我都負責帶這個班級。

六角小學位在可以稱爲郊區的地區，校園內的花圃很壯觀，只不過由老師輪流照顧花圃讓人覺得有點煩。這個星期輪到我負責花圃。

我爲花圃澆水時，有什麼東西從我的視野角落掃過去。轉頭一看，一隻白色混雜了褐色的條紋貓躲在桂花樹後。那隻貓觀察了我一陣子，立刻跳上圍牆逃走了。位在郊區的學校是野貓的最佳玩樂場所。

我在澆水時，聽到旁邊的音樂教室傳來歌聲。那是我班上的學生在唱歌，他們正在上音樂課。

窗邊的一個男生似乎發現了我，他一邊唱歌，一邊看著我。他是調皮的前田厚志。專心上課——我沒有出聲地動著嘴巴，前田對我嬉皮笑臉。

不一會兒，下課鈴聲響了。我關了水，收好水管。

接下來第四節是數學課。我在辦公室做好準備，聽到上課鈴聲後，走去了教室。

我打開了教室門。

「起立。」值日生很有精神地喊口令。敬禮、坐下。全班有三十五個學生，今天無人缺席。

「我剛才聽到大家的歌聲，唱得很好聽嘛。」

我對學生說，坐在最前排的健太郎皺著眉頭。

「既然要唱，眞希望唱一些流行的歌，對不對？」

松下徵求班上其他同學的同意，他是班上的孩子王。

「對啊，像是SPEED或是SMAP的歌。」

女生中最有影響力的花井理沙說道，接著有人說，黑色餅乾的歌不錯，也有人想唱ELT的歌。

「喂喂，你們別把音樂教室當成KTV。」

聽到我這麼說，全班哄堂大笑。我打開數學課本準備上課。

就在這時，教室後方傳來砰咚一聲椅子倒地的聲音。抬頭一看，坐在最後排的前田厚志倒在地上。周圍響起驚叫聲。

「前田，你怎麼了？」

我把課本放在教桌上，衝到前田身旁。前田按著肚子，痛苦地皺著眉頭。他的臉色蒼白。

「怎麼了？你振作點！」

我大聲叫著他，但他似乎連說話都有困難。我立刻知道事態嚴重。

「班長，這節課讓大家自習。」

說完，我抱起前田的身體。

當我來到保健室時，前田已經渾身癱軟，嘴裡發出呻吟。

「發生什麼事了？」

美女吉岡清美老師驚訝地站了起來。她穿白衣和迷你裙很美，只是現在沒時間欣賞。我向她說明情況，讓前田躺在床上。

「是不是吃了什麼不乾淨的東西？」

吉岡老師觀察前田的情況後問道。

「不可能，因爲剛才那一節是音樂課。」

「但這明顯是食物中毒的症狀，必須趕快叫救護車。」

吉岡老師說完，拿起桌上的電話，但在打電話之前，轉頭對我說：

「請你先回教室，瞭解一下前田吃了什麼，如果其他學生也吃了相同的食物，情況可能會更嚴重。」

她說的話很有道理，我用力點了點頭，離開了保健室。

六年三班的教室內，學生都走來走去，聊天、玩耍，一看到我走進教室，他們慌忙坐回自己的座位。

我走向前田厚志的桌子，檢查他剛才是不是吃了什麼，結果發現他抽屜裡有奇怪的東西。我正想伸手拿，立刻改變了主意，從口袋裡拿出手帕，用手帕包住手，拿出抽屜裡的東西，避免沾到指紋。

課桌抽屜裡放的是一瓶寶特瓶裝的礦泉水。五百西西裝的礦泉水只剩下一半，前田剛才喝了這瓶水嗎？

我偏著頭，打量著寶特瓶，發現了奇怪的事。因爲標籤上用麥克筆寫了字，彆腳的字橫向寫著「神的水」。

神的水——這是什麼意思？

我拿著寶特瓶走向講台。

「這瓶水是怎麼回事？有沒有人知道？」

我問學生，但沒有人回答。

2

下午也無法好好上課。因爲警察來到學校問案，還有幾名刑警特地來到教室瞭解情況。

那瓶水立刻就交給了他們。名叫葛西的中年胖刑警看著寶特瓶，問了我意料中的問題。

「神的水……是什麼意思？」

我當然只能回答不知道。

前田被送去附近最大的醫院，雖然不知道會接受什麼治療，但似乎暫時沒有生命危險，只是要住院觀察幾天。

放學後，電視台和其他媒體記者不知道從哪裡得知了消息，聚集在學校周圍。最近有不少使用毒藥犯罪的案件，可能記者認爲前田的事也是其中一例。想到接下來這段日子可能不得安寧，我忍不住有點憂鬱。

下午五點多，我和刑警一起前往醫院。因爲前田已經稍微恢復，可以說話了，所以刑警要去向他瞭解情況。之所以要求我同行，是刑警認爲有助於安撫前田的情緒。

在前往醫院的警車上，刑警葛西對我說：

「果然是那個寶特瓶有問題。」

「裡面裝了什麼？」

我問，他點了點頭說：

「檢驗出砒霜的成分。」

「砒霜……」

我感覺到自己臉色發白，那不是用來殺人的劇毒嗎？

「很大量嗎？」

「不，不至於大量，但如果喝更多水，可能就會有生命危險，幸好前田並沒有喝太多。」

我搖了搖頭，難以想像在現實生活中會發生這種事，再度覺得這個世道變了。

不一會兒，警車抵達了醫院。前田住在單人病房，他的氣色仍然很差，看起來滿臉憔悴，但一看到我，露出了淡淡的笑容。我稍微鬆了一口氣。他的母親在一旁照顧他。

「眞是無妄之災啊，怎麼樣？有沒有好一點？」

葛西用親切的語氣問道。

「我沒事。」前田回答，雖然聲音很小聲，但口齒很清楚。

「在你的課桌抽屜裡發現了一瓶寶特瓶的水，你喝了裡面的水嗎？」

前田點了點頭，他看著我，露出緊張的神情。

「瓶子上寫了『神的水』三個字，那是你寫的嗎？」

「神的水？」

前田瞪大了眼睛。

「對啊，神明的神，是你寫的嗎？」

「不是我寫的。」

前田說完，用力眨了幾下眼睛，好像在思考什麼。

「那瓶水是哪裡來的？是你帶來學校的嗎？」

「不是。」前田搖了搖頭。

「那是哪裡來的？你從其他地方拿來的嗎？」

「呃，那個、原本就在我課桌抽屜裡。」

「在你的課桌抽屜裡？你不知道是誰放的？」

「對……」

「你什麼時候發現的？早晨去學校時，已經在那裡了嗎？」

「不，呃……開始上數學課時，我一看抽屜，發現裡面有一瓶水。」

「是喔。」

葛西一臉納悶地轉頭看著我。

「數學課之前是什麼課？」

「音樂課，所以全班學生都去了音樂教室。」

「上音樂課時，教室有沒有鎖門？」

「沒有。」

「原來是這樣。」

葛西點了點頭，表示瞭解了情況，然後再度看著前田。

「所以，你喝了不知道從哪裡來的寶特瓶裡的水，喝之前沒有覺得奇怪嗎？」

「有一點，但因爲上音樂課唱歌後很渴，我想可能有人不小心放在裡面，覺得沒關係，所以就喝了一口，結果發現味道很奇怪，馬上吐了出來……」

前田說到這裡，剛才始終默默聽他說話的母親訓斥他說：

「以後不可以喝來路不明的飲料。」

「但我想總比喝自來水好，媽媽，妳之前不是叫我不要喝自來水嗎？」

「那倒是。」

「妳平時叫他不要喝自來水嗎？」

葛西問前田的母親。

「對，因爲最近的水不乾淨，我家都用淨水器。」

「其他同學也一樣，上社會課的時候曾經學過，自來水裡有各種化學物質，所以我盡可能只喝寶特瓶的礦泉水。」

「喔，只喝寶特瓶的礦泉水喔，世道眞的不一樣了。」

葛西看著我，嘆著氣說。

走出病房時，葛西問我說：

「可以帶寶特瓶的水到學校嗎？」

「雖然學校禁止學生帶與課業無關的東西到學校，但可能有學生會偷偷帶水到學校。」

葛西聽到我的回答點了點頭時，一名年輕刑警跑了過來，他在葛西耳邊小聲說了幾句話，葛西的神色立刻緊張起來。

「怎麼了？」

我問他。

葛西一臉嚴肅的表情說：

「寶特瓶上檢驗出前田以外的指紋，而且是小孩子的指紋。」

3

隔天第一節課開始上課之後，我對學生說：

「昨天前田的課桌抽屜裡不是放了裝了水的寶特瓶嗎？有沒有人碰過那個寶特瓶？」

學生頓時議論起來。他們也知道前田被送去醫院，所以猜到可能是那個寶特瓶裡裝了什麼。

「安靜，老師並不是要責罵你們，只是想知道有沒有人碰過那個寶特瓶，希望你們老實回答我。」

坐在前排的松下健太郎舉起了手。

「我碰過。」

「什麼時候？」

「昨天前田被送去保健室之後，我去看他的課桌，發現有東西在裡面，我好奇那是什麼，所以就拿出來看了一下。」

「只有你碰過嗎？」

「不，應該還有其他人。」

松下說完，轉頭看向後方的座位。

花井理沙戰戰兢兢地站了起來。

「我也碰過，因爲我很好奇松下手上的寶特瓶是什麼，所以請他給我看。」

「還有其他人嗎？」

我巡視整間教室，坐在窗邊倒數第三排的橋本裕太抓著頭，站了起來。

「我也稍微摸過。」

「也是在前田去保健室之後嗎？」

「對。」

橋本點了點頭。他藍色襯衫上的金色鈕釦閃閃發亮。

「所以是松下、橋本和花井嗎？還有其他人嗎？你們好好回憶一下。」

但是，並沒有其他人舉手。我命令其他學生自習，帶著他們三個人走出教室。

「接下來可能會要求你們做不怎麼舒服的事，你們忍耐一下。爲了抓到害前田的凶手，必須協助警方辦案。」

走在走廊上時，我對三名學生說。

「不舒服的事？」花井理沙問。

「應該會採集你們的指紋，和寶特瓶上的指紋進行比對。」

刑警和鑑識人員正在教師辦公室旁的會議室待命，要在校長和教務主任的見證下採集學生的指紋。當然事先已經通知學生的家長，並獲得他們的同意。

「老師，那個寶特瓶裡真的有毒嗎？」

松下健太郎問。

「不知道，老師也不清楚詳細的情況。」

今天早上的教職員會議上，要求老師不要輕易和學生談論這起事件。

「哼，老師故意裝傻，你怎麼可能不知道？你昨天不是去了前田住院的醫院嗎？」

松下嘟著嘴說。

「如果你們想瞭解詳情，可以直接問警察，反正你們等一下會見到警察。」

「警察怎麼可能告訴我們？」

「這得看你們怎麼問了。」

「什麼意思？」

我在教師辦公室前停下腳步後左顧右盼，確認四下無人之後，彎腰在松下的耳邊說：

「你只要說，如果不告訴你眞相，就不願意讓他們採集指紋。如果他們逼迫你採集指紋，你說要去教育委員會投訴。沒問題，他們一定會把什麼都告訴你。」

松下打量著我的臉說：

「老師，沒想到你這麼奸詐。」

「不奸詐一點，怎麼可能勝任這份工作呢？走吧。」

我推著他們三個人的背。

4

午休時，學年主任原田老師和我一起被叫到了校長室。原田老師是一個親切的中年男老師，胖胖的，似乎有點緊張。

走進校長室，除了校長和教務主任以外，還有葛西等三個人。除了葛西以外，另外兩個人當然也是刑警。

「不好意思，打擾你們休息，指紋比對的結果出爐了。」

葛西對我們說。

「結果怎麼樣？」

我問，刑警拿出記事本，故弄玄虛地緩緩打開。

「我先說結論，寶特瓶上留下的指紋都已經確認了，和老師班上的松下健太郎、橋本裕太、花井理沙，及被害人前田厚志——以上這四個人的指紋完全一致。」

「所以，指紋的問題已經解決了，歹徒並沒有留下指紋嗎？」

我問道，沒想到沒有人表示同意。禿頭校長抱著雙臂，皺著眉頭，教務主任面色凝重，葛西也尷尬地抓著臉頰。

「怎麼了？這種看法有問題嗎？」

我看著三名刑警問道，葛西開口說：

「你知道指紋是什麼嗎？」

「當然知道啊，就是手指上的紋路。」

「沒錯，在碰觸東西時，手指上的紋路就會像蓋章一樣留下來。如果同時蓋了兩個印章時，你認為有辦法知道哪一個印章先蓋嗎？」

「應該可以啊，上面的那個印章比較晚蓋。」

「就是這樣，指紋也一樣。當好幾枚指紋重疊在一起時，就可以根據這種方法判斷哪一個指紋先留下。」

「我瞭解你的意思，指紋有什麼問題嗎？」

「因爲有一個麻煩的問題。」

「麻煩的問題？什麼問題？」

「我們仔細檢查了寶特瓶上的指紋，發現有好幾枚指紋重疊在一起。光是這樣並沒有問題，只是有一個地方很奇怪。」

「奇怪……怎麼奇怪？」

「因爲前田的指紋在松下的指紋上面。」

「前田的指紋在松下的指紋上面？」

我在腦袋裡整理了刑警所說的話，一時無法明白到底哪裡奇怪。當我終於理解刑警想要表達的意思時，忍不住小聲嘀咕：「怎麼可能？」

「你是不是也覺得很奇怪？那絕對有問題，松下和其他兩個學生一樣，都說是在前田被送去保健室之後才摸了寶特瓶，但果眞如此的話，前田的指紋不可能在松下的指紋上面。對於這個問題，你認爲可能是怎樣的情況？」

刑警不懷好意地問，我瞪著他的臉。

「你的意思是，是松下幹的嗎？是他在寶特瓶裡下了毒嗎？」

「至少可以確定，他是在前田之前碰了那個寶特瓶。」

「我很瞭解松下那個學生，他很有正義感，也很乖巧懂事，不會做那種事。」

原田老師在我身後說道，我也點著頭補充說：

「而且松下和前田是好朋友。」

「總之，可不可以把松下找來？問當事人最清楚。」

刑警說道，我看向校長，校長一臉無奈的表情對我點了點頭。我嘆了一口氣，走出了校長室。

5

我把松下帶去校長室，刑警葛西在校長和教務主任的注視下向松下發問。松下聽到指紋重疊的事之後，露出驚訝的表情。

「這是怎麼回事？這代表你比前田同學更早碰觸了那個寶特瓶，可不可以告訴叔叔，到底是怎麼回事？」

松下一臉賭氣的表情低下了頭。

「我不知道。」

「不知道？這怎麼可能呢？因爲你的指紋就留在寶特瓶上啊。」

「我就是不知道啊，有什麼辦法？」

「你這是什麼態度？」

教務主任怒斥道，松下猛然站了起來，椅子發出很大的聲音。

「我沒有做任何壞事。」

說完，他衝出了校長室。門外傳來他在走廊上奔跑離開的聲音。

「趕快去追！」

葛西命令年輕的刑警，但我擋在門前，制止了年輕刑警。

「請等一下，即使現在硬是把他帶回來這裡，也無法解決任何問題。我猜想他一定會保持沉默，什麼都不會說。」

「但總不能就這樣懸著不解決。」

葛西說，我對他鞠了一躬。

「請你給我一天時間，明天我一定會向松下問清楚。」

「但是……」

葛西想了一下，最後點了點頭。

「好，那就交給你處理。我也不認爲小學生會在同學的飲料中下毒，其中可能有什麼隱情，請你務必問清楚。」

「謝謝。」我再度鞠了一躬。

午休結束後，我走去教室上第五節課，沒想到不見松下的身影。我問其他同學，松下去了哪裡？

花井理沙站了起來。

「松下回家了。」

「回家了？爲什麼？」

「不知道，他說他不舒服。」

我不知道他是因爲被當成下毒的人很受打擊，還是因爲隱瞞了什麼事。總之，我打算放學之後，去松下家裡瞭解情況。

松下家位在公營住宅的三樓，他母親看到我上門，一臉歉意地說：

「不好意思，他說無論如何都不想見老師。回家之後，就一直躲在自己房間……今天在學校發生了什麼事嗎？」

松下的母親應該知道今天在學校採集指紋的事，但應該做夢都沒有想到，自己的兒子遭到了懷疑。我不知道該怎麼向她說明。

「不，沒事，只是他突然早退，我有點擔心，來看一下他的情況。既然他沒事就好。」

「不好意思，讓老師擔心了，明天我一定會叫他去上學。」
「是嗎？那就請他多保重。」
我正打算離開，看到了鞋櫃上的東西。那是一個貓罐頭。
公營住宅可以養貓嗎？我心生疑問，但心想也許他們偷偷養貓，所以就沒有多問。
離開松下家，走去車站的途中，我想起把東西忘在學校了。雖然有點麻煩，但我還是決定回學校去拿。天色已經暗了，沒有路燈的地方很黑。
來到六角小學後門附近時，聽到了打破玻璃的聲音。
「誰啊！」接著傳來男人怒吼的聲音。
我跑向聲音傳來的方向，看到一名少年逃走的背影。少年跑得很快，一眨眼就不見了。
一個身穿運動衣的男人從學校後門對面的房子衝了出來，男人年紀大約五十歲左右。
「怎麼了？」我問。
「玻璃被打破了，是這個學校的搗蛋鬼丟石頭，眞是太火大了。」
身穿運動衣的男人對著六角小學吐著口水。

雖然覺得很麻煩，但還是無法視而不見，我告訴男人說，我是這所學校的老師。
「可不可以請你告訴我詳細的情況？我會在明天的教職員會議上報告這件事。」
沒想到那個男人突然顯得很慌張。
「算了，沒關係，並不一定是你們學校的學生。」
說完，他匆匆走進家裡。
我覺得很奇怪，但還是轉身離開。這時，我看到路旁有什麼東西閃著光。
撿起來一看，原來是一顆金色鈕釦。

6

隔天早晨，我走去教室上第一節課，沒有看到坐在最前排的松下。雖然昨天他母親說，今天一定會讓他來上課，但他可能爲了被當成下毒的人這件事很受打擊。警方當然會對指紋重疊這件事產生疑問，雖然松下不可能下毒，但很可能隱瞞了什麼事。

昨天砸玻璃的事也讓我很在意。

第一節課的下課鈴聲響了，我闔上數學課本的同時，看著橋本裕太叫了一聲：

「喂，橋本。」

他緊張地看著我。

「你等一下來辦公室。」

橋本聽了，不安地點了點頭。

我在辦公室等了一會兒，橋本很快就來了。他今天穿了一件白色運動衣。

「橋本，你今天怎麼沒穿那件藍色襯衫？就是有金色鈕釦的那件襯衫。」

「啊？」

橋本的圓臉立刻紅了起來。

「爲什麼沒穿那件襯衫？你不是很喜歡那件襯衫嗎？」

我笑著對他說。

「那件衣服、呃、因爲洗掉了……」

橋本抓著頭，結結巴巴地說。

「洗了？不是洗了，是要縫補吧。因爲你掉了一顆鈕釦，所以請大人幫你縫釦子吧。」

「呃……」

「就是這顆。」

說完，我把剛才握著的右手在橋本面前張開。我的手心上有一顆金色鈕釦，橋本看了，張大了眼睛。

「人眞的不能做壞事，你昨天是不是用石頭丟學校後面那棟房子的玻璃窗？我剛好經過，所以撿到了。這是你衣服上的鈕釦吧？」

橋本漲紅的臉頓時發白，他用力搖著頭，臉頰也跟著抖動起來。

「不是我，我沒有做這種事。」

「你別裝傻了，我也看到了丟石頭的人逃走的背影。」

雖然我不確定那是橋本，但我用這種方式套他的話。

「我……不知道。」

橋本說完，轉身衝出了辦公室。

從他慌張的樣子判斷，昨天那個人果然就是橋本，但是我不瞭解向來乖巧文靜的他爲什麼會做這種事，而且那個毒水的寶特瓶上也有他的指紋。難道和那起事件有什麼關係？

我低頭思考著，發現有人走了過來。抬頭一看，班上的學生鈴木智美站在我面前。

「怎麼了？找我有事嗎？」

「呃，關於前田的事……」

鈴木智美說完，低下了頭。她雖然個子很高，卻有點畏畏縮縮，說話也很小聲。

「前田的事？什麼事？」

「那個寶特瓶……」
「妳知道什麼嗎？」
「不知道該說是知道或是看到，但可能完全沒有關係，所以我原本不想說。」
鈴木智美忸忸怩怩地說，我有點不耐煩。
「妳不必考慮到底有沒有關係，妳到底看到了什麼？」
「我看到那天，前田拿著寶特瓶進來……」
「那天？妳是說他昏倒那一天嗎？」
鈴木智美點了點頭。
「上完音樂課時，我站在樓梯的窗戶前看著外面，看到前田從禮堂後方走過來。那時候，他手上拿著寶特瓶。」
「從禮堂後方走過來？眞的嗎？」
「眞的，我沒有騙人。」
「妳有沒有把這件事告訴別人？」
我問道，她默默地搖了搖頭。

「好，那就暫時不要告訴別人，知道了嗎？」

「知道了。」鈴木智美回答，然後她鞠了一躬，走出了辦公室。

「等一下，妳回到教室後，告訴其他同學，第二節課我會晚一點進教室，請大家先自習。」

「喔，好的。」

鈴木智美露出有點納悶的表情回答。

我立刻前往禮堂，走到一半時，聽到第二節課上課的鈴聲響了。

如果鈴木智美的話屬實，就代表前田在說謊。他之前說，那瓶水在他的課桌抽屜裡。他為什麼要說謊？前田到底是從哪裡拿了這瓶水？

我走去禮堂後方，並沒有發現任何異狀。後方有一道後門，對面就是民宅。就是昨天窗戶被打破的那戶人家。那個穿運動衣的男人很生氣，但得知我是這所學校的老師，突然消了氣。他的態度很奇怪，通常遇到老師時，都會開始大肆抱怨。

我邊走邊想著這些事，聽到貓叫的聲音。我停下腳步，察看四周的情況。

有一個舊鐵櫃緊貼著禮堂的牆壁放在那裡，有兩隻貓蹲在鐵櫃前方。分別是棕色的條紋貓和黑白的斑點貓。當我走過去時，兩隻貓都立刻逃走了。

鐵櫃的表面滿是鐵鏽，看起來並沒有在使用，可能因爲丟棄太麻煩，所以暫時放在這裡。

鐵櫃的門似乎沒有鎖，我試著把門打開。

原以爲裡面是空的，意外發現我想錯了。裡面有一個黑色保冷箱，而且看起來並不是很舊。

爲什麼會有這種東西？——我感到納悶，打開了保冷箱的蓋子。

「這是怎麼回事？」

我忍不住出聲說道。

7

這天放學後，我在辦公室等待，接到了刑警葛西打來的電話。

「老師，你的推理完全正確，這下終於破案了。」

刑警在電話中的聲音很興奮。

「那個男人招供了嗎？」

「對，我們上門找他時，他立刻臉色發白。只問了他幾個問題，他就招供了一切。他以前做過消滅白蟻的工作，使用了當時的藥劑。至於動機，也和你的分析完全相同。」

「果然是這樣。」

「接下來要怎麼處理呢？我們很希望向學生瞭解一下情況。」

「在此之前，可不可以讓我先和他們談一談？因爲我也有幾件事想要問他們。」

「好，那就交給你了。」

和刑警葛西通完電話後，我再度拿起電話，打去松下健太郎家裡。

他的媽媽接了電話，一再爲兒子今天沒有到校上課道歉。因爲松下說無論如何都不想上學。

「沒關係，松下同學在家嗎？」

「他剛才出門了，說要去探視前田。」

「前田？是嗎？好，那我知道了。」

我掛上電話，如果松下去了醫院，那就更好了。

我離開學校，直奔醫院。

到了醫院，來到前田的病房前，我敲了敲門。「請進。」門內傳來前田的聲音，我打開了門。

不光是松下，花井理沙和橋本裕太也在。三個人一看到我，毫不掩飾臉上不悅的神情。可能覺得我很礙事吧。躺在病床上的前田厚志也一樣。

「前田，有沒有好一點？」

我站在病床旁問。

「嗯……馬馬虎虎。」

「太好了。」

說完，我打量著前田的臉，然後對他說：

「你要記取這次的教訓，以後無論再怎麼口渴，都不要再喝給貓喝的水了。」

前田聽了我的話，驚訝地張大了嘴。我可以感受到我身後三個來探視他的人也都倒吸了一口氣。我回頭看著他們說：

「下毒的壞人已經抓到了，但其實你們一開始就知道是誰。沒錯，就是住在學校後門的那個人，橋本爲了報復，去打破他家窗戶的那個大叔。」

就是那個穿運動衣的大叔。聽葛西說，他姓岡田。

「原來已經被發現了。」

松下嘆著氣說。

「我發現了那個保冷箱。」

聽到我這麼說，花井理沙不滿地看著松下。

「我之前就說，要藏去其他地方。」

「沒時間啊。」

松下氣鼓鼓地說。

保冷箱裡放了貓食和幾個碗，裡面的罐頭和我在松下家看到的一模一樣，所以我解開了所有的謎團。

他們在禮堂後方餵野貓，前田也是成員之一，那瓶寶特瓶的水原本放在保冷箱裡準備給貓喝，但前田上音樂課時唱歌太賣力，想要自己喝，所以就帶去了教室。

「神的水……喔。那是誰寫的？」

聽到我的問題，花井理沙微微舉起手。

「前田被帶去保健室後，我看到那個寶特瓶，覺得不太妙，擔心學校發現我們在餵流浪貓……」

「原本上面寫著『貓的水』，貓是用片假名寫的，所以再添幾筆，就變成了『神』字。」

「對。」花井理沙點了點頭。

「原來是這樣，你們得知寶特瓶裡有毒時，立刻就知道是誰幹的。」

「絕對是那個大叔，因爲他經常站在他家門口罵我們。」

橋本裕太說。

「他罵你們什麼？叫你們不要餵流浪貓嗎？」

「嗯，他還說，就因爲我們在餵流浪貓，所以流浪貓越來越多。」

我果然猜對了。岡田火冒三丈，想到了在教訓學生的同時，也可以收拾流浪貓的方法，於是就在寶特瓶裡加了砒霜。照理說，遇到這種事時，通常會先向學校投訴，但他可能認爲這樣無法解決問題。

「老師，照顧流浪貓是壞事嗎？流浪貓也是生命啊。」

松下問我，其他三個人也用眞誠的眼神看著我。

「當然不是壞事，但既然照顧流浪貓，就要負起責任。如果有父母只給孩子吃飯，完全不教育孩子，你們是不是會覺得這樣的父母很不負責任？」

「但很多父母都這樣啊。」

「所以目前的社會才會這麼亂，那老師先走了。」

說完，我舉起一隻手，走出了病房。

找出縱火犯

1

大人經常說，「禍不單行」。這句話完全正確，我今天的運氣糟透了。

首先是國文課發下來的考卷成績慘不忍睹。到底有多糟？就是糟到不能再糟了，我考了零分。雖然我的成績一向很爛，但第一次考零分。真是嚇了一大跳，我忍不住笑了出來，結果花子狠狠瞪了我一眼。

花子是我們五年二班導師的綽號。雖然長得很漂亮，可惜有點歇斯底里。

午休的時候，我打破了花子心愛的花瓶。我拿著掃把和同學鬧著玩，結果不小心打到花瓶，打落在地上。我立刻慌了手腳，幸好有同學帶了強力膠，我立刻向他借了強力膠黏好。花子應該不會發現吧。

「小林，你今天的生理時鐘有問題吧。」

山下對我說。我姓小林，名叫龍太。

「好像是，這種日子就該早點回家。只要在家裡就很安全。」

「那也不見得，在家裡也很危險啊，聽說昨晚就有人縱火。」
「啊？眞的嗎？」
「對啊，就在我家附近，幸好只燒到圍牆，並沒有發生大火災。」
「眞危險啊。」
正如山下說的，最近這一帶縱火事件頻傳，這個月已經有四戶人家遭到縱火。如果昨晚又發生，就是第五起，幸好都沒有造成重大災情，但我父母很擔心早晚會引發大火。
放學後，我回到家，看到我媽媽在家門口前和幾個鄰居阿姨在聊天。媽媽愛和鄰居聊天勝過吃蛋糕，雖然平時聊天的內容都不是什麼重要的事，但今天不一樣，她們正在聊縱火犯的事。媽媽皺著眉頭說：
「年底眞不太平，與其被縱火燒房子，還不如家裡遭小偷。」
對我家來說，當然是遭小偷比較好，因爲我家根本沒東西可偷。
但我們這個社區已經決定，從今天晚上開始，住戶要輪流巡邏。媽媽在吃晚餐時告訴爸爸這件事。
「夜間巡邏？就是『小心火燭，哐哐』嗎？」

爸爸一邊吃飯，一邊問。

「對，就是小心火燭，哐哐。」

「哐哐是什麼？」

我問他們。

「就是用名叫梆子的長方形木棒敲的時候發出的聲音。」

爸爸說完，用手上的筷子敲出哐哐的聲音。

「喔，眞有意思，我也想去。」

「好啊，那一起去啊。」

「小孩子不能去。」

媽媽冷冷地說，但爸爸支持我。

「有什麼關係嘛，龍太也是男生，可以去夜間巡邏，更何況我也一起啊。什麼時候輪到我們家？」

「明天……」

「那不是剛好嗎？後天是星期天，學校放假。龍太，我們加油囉。」

「好！」

我和爸爸用力握手。

2

第二天晚上，我和爸爸一起走出家門。我在毛衣外穿了夾克，戴了一條圍巾，爸爸穿得很厚實，羽絨衣裡面穿了兩件毛衣，長褲裡面也穿了兩條衛生褲，看他的身影，簡直就像是相撲選手。

我們先去了二丁目的細川家。這裡是今天夜間巡邏的集合地點。

「辛苦了，咦？你兒子也來了？」

體型像狸貓的細川大叔，笑著迎接我們。狹小的房間正中央放了一張暖爐桌，藥店老闆和米店老闆正坐在暖爐桌旁喝酒。今晚他們也要一起巡邏。

「啊呀，小林兄，這裡坐，這裡坐，先喝一杯。」

藥店老闆請爸爸入座，嗜酒如命的爸爸立刻眉開眼笑。

「啊呀，眞是太謝謝了。」

說完，他立刻坐進了暖爐桌，拿起茶杯，讓人爲他倒酒。

等一下要去夜間巡邏，現在喝酒沒問題嗎？我不由得擔心起來。

聽說這次是細川大叔提出要夜間巡邏。媽媽聽了之後感到很意外，因爲他以前不太愛和鄰居打交道，也沒人知道他做什麼工作，總之，左鄰右舍對他的風評很差。

夜間巡邏從晚上十一點開始。

「小心火燭。」吆喝完之後，再用梆子哐哐敲兩聲。一路吆喝著繞社區內一周。

「那個縱火犯會出現嗎？」

藥店老闆雙手插在長褲口袋裡問。

「眞不希望在我巡邏時遇到。」

米店老闆回答。

「但如果抓到，就可以立功啊。」

我爸爸說。藥店和米店老闆慌忙搖頭說：

「才不要，才不想抓……」

「那就交給小林父子囉，哈嘿嘿嘿嘿。」

我聽著他們的談話，覺得夜間巡邏根本沒有意義。

這時，我把手伸進了口袋，想起了不愉快的事。昨天發下來的零分考卷還塞在我的口袋裡。如果被媽媽發現，她一定會把我打得半死。於是，我在第一次夜間巡邏結束後，把考卷揉成一團，丟進了細川大叔家的垃圾桶。這麼一來，就湮滅證據了。

夜間巡邏每隔兩個小時巡邏一次，但半夜兩點後，真的很想睡覺。我是小孩，當然會想睡覺，但連爸爸和其他幾個叔叔也開始打瞌睡。話說回來，他們每次回到細川大叔家就喝酒，當然會想要睡覺。

我似乎在不知不覺中睡著了，所以之後的事記不太清楚，隱約記得爸爸鼾聲如雷，還聞到了奇怪的味道。我最近好像在哪裡聞過這種味道，只不過在思考到底是什麼味道時，又不小心睡著了。

我被很大的聲音吵醒了。

「龍太，快起床，起火了。」

爸爸在我身旁大喊著，我跳了起來。

「啊？哪裡？哪裡發生了火災？」

「這裡！」

「啊？」

我這才聞到焦味。我看向窗戶，看到了熊熊火焰，再仔細一看，發現牆壁燒了起來。

「啊！」

這時，其他幾個大人才終於醒過來。藥店老闆竟然還說：「怎麼這麼熱啊。」

我們不理會那幾個磨磨蹭蹭的大人，慌忙逃了出去。衝出房間，光著腳衝到玄關。我打開門鎖，轉動門把想要打開。

「咦？」

「怎麼了？」

「門打不開，怎麼推也推不開。」

「什麼？你讓開。」

爸爸把我推開，用力推著門，也完全打不開。

「他媽的，到底是怎麼一回事？」

汗水從爸爸的太陽穴不停地流下，並不是因爲他穿了太多衣服用力撞門的關係，而是周圍的空氣眞的很熱。

「怎麼了？爲什麼門打不開？」

細川大叔神色緊張地跑了過來，藥店和米店老闆哭喪著臉，站在我們身後。

「門鎖已經打開了，門卻打不開。」

「什麼！」

藥店老闆大聲叫了起來。

「怎麼會有這種荒唐事？」

米店老闆叫了起來。

「好，那大家合力把門撞開。」

細川大叔說道，於是我們站在一起，助跑之後，衝向那道門。

門立刻被我們撞開了。

但外面可能放了什麼東西，所以無法完全打開。無奈之下，我們只能從門縫逃了出去。回頭一看，門外堆放了五塊水泥磚，因爲我們剛才用力撞擊的關係，位置稍微偏了，原本應該頂著門，所以一開始無法把門推開。

「太過分了，是誰做這種事？」

我看著那些水泥磚說道，爸爸立刻拉著我的手臂說：
「笨蛋，你在這裡磨蹭什麼？趕快離開這裡。」
這時，附近的鄰居都紛紛跑來圍觀，火勢越來越大，細川大叔家的房子燒了起來，火勢迅速蔓延，牆壁和柱子都燒了起來，而且不斷冒出濃煙。
我第一次看到眞正的火災，雖然覺得有點對不起細川大叔，但我忍不住有點興奮，甚至覺得整棟房子燒掉就好玩了。
至於細川大叔，他茫然地站在路旁看著自己的房子被燒掉。他一定無法承受這麼大的打擊，所以腦袋一片空白。想到這裡，就覺得他眞的很可憐。
消防車很快就趕到，消防隊員英勇地開始滅火。水喉噴出來的水柱超強，就連身強力壯的消防隊員也費了很大的力氣才能拿住水喉。
雖然最後滅了火，但房子幾乎都被燒光了。消防隊員中途放棄爲細川大叔家滅火，而是防止火勢延燒到鄰居家。
「終於造成大火災了。」
身旁一個鄰居阿姨自言自語地說。

3

星期一去學校時，我變成了英雄。因爲我當時就在著火的房子裡。當我說起火災時的情況，大家都圍了上來。我以前從來沒有這麼受歡迎，所以心情眞的超好。

「但是，你不是因爲夜間巡邏，才會去那棟房子嗎？」

「嗯，對啊。」

「那不是很丟臉嗎？預防火災的人，結果反而被人縱火了。」

其他同學聽到山下這麼說，也都笑了起來。咕，這傢伙說話眞不上道。

但是，那天晚上吃飯時，媽媽也提到這件事。媽媽說，左鄰右舍都在議論這件事，她覺得很丟臉。

「夜間巡邏根本沒有意義，我猜你們八成都在喝酒。」

媽媽嘀嘀咕咕說道，爸爸根本無力反駁，因爲媽媽說對了，所以爸爸只能看電視，假裝沒有聽到。

吃完晚餐後，門鈴響了。媽媽去開門，立刻叫爸爸出去。我走去玄關一看，兩個男人站在那裡，其中一個是戴眼鏡的中年人，另一個年輕人很瘦，兩個人都穿著米色風衣。

我覺得他們看起來就像是神探可倫坡，沒想到果然是刑警。他們說要上門調查昨晚火災的情況。我還以爲是消防隊的人負責調查火災的事，原來不是這麼一回事。

戴眼鏡的刑警問了好幾個問題，但奇怪的是，他問了很多關於細川大叔的事。他那天晚上和平時有沒有不一樣？做了哪些事？有沒有喝酒？簡直就像在懷疑他。

爸爸似乎也發現了這件事，他問刑警：

「是細川先生縱火嗎？」

「不，並不是這樣，我們只是在瞭解各種可能性。」

戴眼鏡的刑警笑著回答。

「但是，細川先生那時候在屋裡，所以應該不可能在屋外縱火。」爸爸回答說。

「可能先出去縱火，然後又走回屋裡。」

「嗯。」爸爸發出低吟。

「呃，」我在一旁插嘴說，「門外堆放著水泥磚，是不是縱火犯放的？」

戴眼鏡的刑警看著我的臉說：

「目前還無法斷定，但我們認爲應該是縱火犯放的。」

「既然這樣，細川大叔就絕對不是縱火犯。」

戴眼鏡的刑警和年輕刑警互看了一眼後，再度看著我。

「爲什麼？」

「因爲門外堆著水泥磚，根本沒辦法開門走進家裡啊。」

「嗯，對啊。」爸爸在一旁拍著手說，「龍太說得沒錯，那棟房子裝了鐵窗，沒有其他可以出入的地方。」

戴眼鏡的刑警對著我笑了笑說：

「你還眞厲害，你說得對，不瞞你說，我們在這件事上也傷透了腦筋，所以希望你再仔細想一想。在打開門的時候，有沒有發現什麼異常狀況？再微不足道的細節都沒有關係。」

即使刑警這麼問，我也想不起來。因爲當時我只顧著開門。

「不記得了。」

我只能這麼回答。

刑警回去後，我對爸爸、媽媽說：

「警察爲什麼懷疑細川大叔？怎麼可能有人放火燒自己的房子？」

爸爸對我說：

「那倒未必。」

說完，爸爸告訴我火災保險的事。聽說有時候會有人故意燒掉自己的房子，詐領保險金。

「是喔，原來眞的有這麼壞的人。」

「是啊，但細川先生應該不會做這種事，更何況還有水泥磚這件事。」

爸爸充滿自信地點了點頭。

4

到了星期二，火災的事已經乏人問津了，誰都不願意聽我說火災的事。大家還眞無情。

只有山下例外。因爲我們住在同一個社區，所以他打聽到有關火災的新消息。聽說細川大叔最近爲他的破房子投了火災險。

「所以發生火災後，他可以大賺一票嗎？」

聽到我這麼問，山下搖了搖頭。

「應該不可能，我聽我爸爸說，理賠金額不會超過房子原本的價值。」

我們正在聊天時，花子走進來上課。第一節課是我討厭的國文課。其實不光是國文，我討厭所有的課。

當花子目不轉睛地看著放在窗邊的花瓶時，我感覺到事態不妙。那正是我之前打破的花瓶。

不一會兒，花子露出凶惡的眼神看著我們。

「打破花瓶的人老實承認，現在承認，老師就會原諒。」

周圍的同學都看著我，根本不需要我承認，花子也立刻瞪著我。

我慢吞吞地站了起來。

「小林。」

「是。」

「等一下來辦公室一趟。」

「好。」

媽的，眞倒楣。

花子在辦公室內把我臭罵一頓。她不是說，現在承認，她就會原諒嗎？竟然還罵得這麼凶。她說什麼打破花瓶是小事，但我不應該想要掩飾。我可以打賭，即使我打破花瓶時老實承認，也照樣會被罵。但如果我這麼說，一定會被罵得更慘，所以我什麼都沒說。

「小林，你整天冒冒失失的，希望你以後做事之前多想一想。而且既然要修補那個花瓶，至少要修補得更仔細一點。」

花子說完，拿起我修補過的那個花瓶。

「因爲很難啊，嘿嘿嘿。」

我抓著頭說道。

「但這也修補得太難看了，既然是用強力膠，至少應該對齊之後再黏啊。」

「我也想要對齊，但因爲是強力膠，第一次黏歪了，就沒辦法補救了。」

說到這裡，我腦袋裡的電燈亮了起來。我想到一件事。

「我知道了！原來是這樣。」

我突然大聲說道，不光是花子，其他老師也都驚訝地看著我。

5

星期四晚上，戴眼鏡的刑警來到我家，還帶了一個蛋糕上門。這也是理所當然的。

「細川全都招供了，所以這起事件也解決了。」

刑警的心情很好。

「果然是爲了詐領保險金嗎？」

「是啊，他欠了不少債務，所以覺得燒掉房子，詐領保險金是籌錢最快的方法，但如果突然燒自己的房子會引起懷疑，所以就四處縱火，到處宣傳有縱火犯，然後再放火燒自己的房子。」

「是喔，原來是這樣。」

「總之，這次謝謝你幫忙。」

看到刑警向我鞠躬，我眞有點不好意思。

花子罵我的時候，我想起了強力膠的味道。那天火災發生之前，我也聞到了強力膠的味道。

我恍然大悟，那天打不開門，不是因爲外面放了水泥磚，而是因爲強力膠把門和一部分門框黏起來了。水泥磚原本就堆放在離門有一點距離的位置，可以打開一條門縫，讓人自由進出。

當時，我之所以會聞到強力膠的味道，是因爲手拿強力膠的細川大叔走過我的身旁。

我立刻把這個推理告訴了媽媽，媽媽通知了刑警。

「對了，還有一件事要向你確認。」

刑警故弄玄虛地說完，從風衣口袋裡拿出一樣東西。那是一張摺起的紙，邊緣有燒焦的痕跡。

看到刑警攤開的紙，我嚇得差一點尿出來。那是我丟掉的零分考卷，姓名欄內清楚寫著「小林龍太」的名字。

「這是你的嗎？」

「是……」

「是你丟的嗎？」

「對。」

「你丟在哪裡？」

「就是被火燒掉的那棟房子的垃圾桶。」

「原來如此，果然是這樣。」

「請問，爲什麼會在你這裡？」

刑警笑著說：

「那天晚上，細川拿了垃圾桶裡的幾張紙走到門外，點火後燒房子。所以，這張考卷也是其中的一張，但只有這張紙之後被風吹走，掉在路旁，被其中一名消防隊員撿了起來。」

「消防隊員……」

「之後一定會還給你。」

刑警說完，把考卷放回了口袋。

「請問之後是指？」

「等這起案子偵結之後，因爲這也是重要的證據。這次你眞的幫了大忙。」

刑警笑著離開了。

我當場癱坐在原地。雖然協助破案很帥，但如果被媽媽知道，我的零分考卷成爲證據，她一定會殺了我，哇哈哈。

幽靈打來的電話

1

我飢腸轆轆地從學校回到家裡，發現家裡的門鎖著。媽媽可能出門去買菜了。

我把手伸進信箱，拿出大門的鑰匙。媽媽出門不在家的時候，鑰匙都會放在那裡，但如果有小偷上門，馬上就會被闖空門。

話說回來，正因爲我家沒什麼東西可偷，所以才會這麼大膽。

我走進家門，脫下球鞋，立刻走去廚房，發現放在碗櫃旁的電話閃著燈，顯示答錄機有留言。

我按了電話上的播放鍵，就可以聽到留言的內容。

「有一通留言。」

首先響起電腦語音的聲音，接著聽到了留言內容。

「我是媽媽，今天晚上七點回家。鍋子裡有煮好的咖哩，把冰箱裡的飯用微波爐熱一下再吃。還有，記得幫上次買的天竺葵澆水。」

之後聽到「嗶」聲，代表留言內容已經播放完畢。

原來媽媽出門了。

奇怪的是，媽媽的聲音好像和平時不太一樣，難道媽媽感冒了？而且天竺葵是什麼？是果凍嗎？

算了，我決定不去思考這些麻煩事。

先吃咖哩再說。嘿嘿嘿，我最愛吃咖哩，聽到鍋子裡有煮好的咖哩，我忍不住嘴角上揚。媽媽眞夠意思，而且最近經常煮咖哩。

我在廚房內張望，發現瓦斯爐上有一個大鍋子。一定就是咖哩，但爲什麼我沒有聞到咖哩的味道？

我打開鍋蓋，發現鍋子裡什麼都沒有。

難怪我剛才沒有聞到味道。我在廚房尋找其他鍋子，但所有的鍋子裡都沒有什麼咖哩。

「這是怎麼回事？我都快餓死了。」

我一屁股坐在椅子上。

肚子餓得咕咕叫。

就在這時，玄關傳來了媽媽的聲音。

「我回來了，龍太，你回家了嗎？有沒有洗手？如果有作業，要在晚餐前寫完。」

呿，媽媽一回來就問我功課，眞討厭。

「你在廚房幹什麼？」

媽媽一走進廚房就問我。

「妳不是出門了嗎？怎麼這麼快就回來了？」

「對啊，我去車站前的超市買菜。」

媽媽舉起超市的塑膠袋，我看到裡面有一顆很大的高麗菜。

「妳不是說，要七點左右才回來嗎？」

「七點？我爲什麼要去超市那麼久？」

「我怎麼知道？先不管這個，咖哩在哪裡？」

「咖哩？哪裡有什麼咖哩。」

「啊？電話中不是說有咖哩嗎？」

「誰說的？」

「妳啊。」

「我才沒這麼說，你這個孩子眞奇怪。」

「妳才奇怪呢。」

說完，我按了答錄機的播放鍵，擴音器裡傳出和剛才相同的留言內容。

媽媽露出納悶的表情看著我。

「這是誰？」

「妳啊。」

「才不是我，我沒打這電話，而且聲音和我完全不像。龍太，你連自己媽媽的聲音都聽不出來嗎？眞是太讓人傷心了。」

媽媽一臉不屑地說。

「我也覺得有點不太像，但妳自己說：『我是媽媽』，所以我才以爲是妳啊。」

「才不是我呢，一定是有人打錯電話。原本想打去自己家，結果打到我們家來了。我們家答錄機的應答內容不是自己錄製的，而是電話機附的內容，可能那家人也一樣，天底下竟然有這麼巧的事。」

「原來是這樣，那咖哩呢？媽媽，妳今天要做咖哩啦。」

「你這個傻孩子，我已經決定好今天晚上要煮什麼了。」

「要煮什麼？」

「炒蔬菜，而且會加很多青椒。」

「啊！」

我從椅子上跌落，因爲晚餐竟然從我最愛的咖哩變成了最討厭的青椒。

2

第二天，我去學校時，把昨天答錄機的事告訴了好朋友山下。山下瞪大了眼睛問：

「你家也接到了煮了咖哩的電話嗎！？我家也有，不過我家是媽媽聽了答錄機的內容，所以沒有像你家那樣。」

「你媽媽聽了之後說什麼？」

「說應該有人打錯電話了……」

「是喔，果然是這樣，但這也太奇怪了。如果只打到我家也就罷了，同一個人怎麼可能也打錯電話到你家？」

「有道理。」山下也偏著頭納悶。

「喂，會不會還有其他人接到電話？要不要去問問大家？」

聽到我的提議，山下也表示贊成。

「好啊，我們去問看看。」

午休時間，我和山下分頭問班上的同學，昨天家裡的答錄機有沒有奇怪的留言。令人驚訝的是，竟然有六個人都接到了電話。

仔細一問，發現內容和我、山下所聽到的完全一樣。

「我家昨天晚上眞的吃咖哩，所以我們家的人還在說，雖然是別人打錯電話，但眞的有點可怕。」

女生朝倉知美說。

朝倉功課很好，所以有點驕傲。

「嗯，這眞的有點奇怪。」

我抱著雙臂，巡視著其他同學的臉。

「同一個人絕對不可能連續到處打錯電話。」

「所以是惡作劇嗎？」

山下問。

「一定是，那傢伙現在一定在取笑我們。」

「但如果是惡作劇電話就太奇怪了，而且那個聲音一聽就是大人的聲音，成年的女人怎麼會打惡作劇電話給小學生？」

朝倉知美摸著臉頰，微微偏著頭。

「我怎麼知道？最近有很多大人很奇怪。」

說完，我踢著旁邊的椅子。這時，班導師花子剛好走進來，那張椅子被我踢倒了，撞到了花子的膝蓋。

「小林！」

花子的尖叫聲響徹整個教室，結果下午第一節課，我就被罰站了。都是那通惡作劇電話害我的。

3

「我是媽媽，今天晚上七點回家。鍋子裡有煮好的咖哩，把冰箱裡的飯用微波爐熱一下再吃。還有，記得幫上次買的天竺葵澆水。」

回到家後，我又聽了一遍答錄機裡的留言。因爲我覺得實在太奇怪了，所以並沒有刪除留言。

「這種留言有什麼好一聽再聽的？你功課做好了嗎？」

媽媽一邊煮素麵，一邊問我。

媽媽每次一開口就問：「功課做好了嗎？」除了這句話，就沒別的話可說了嗎？

「媽媽，天竺葵是什麼？」

「你連天竺葵也不知道嗎？當然是花啊。」

「是喔，怎樣的花？」

媽媽雙手扠在腰上，瞪著我說：

「我不是跟你說過，遇到不懂的問題，自己去查百科全書和圖鑑嗎？」

「咕，好啦好啦，我知道了。」

當小孩子問父母什麼問題，父母回答說：「你自己去查」時，就代表他們也不知道答案。

我已經小學六年級了，不想讓媽媽出糗，所以就乖乖去查百科全書。

『牻牛兒苗科的園藝種，種類不同時，葉子分別呈心臟圓形、楓葉形、廣卵形等不同的形狀，有褐色斑紋，會開白色、紅色或紫色等五片花瓣的花。』

我家的百科全書上這麼介紹天竺葵。

我在想，在答錄機留言的女人家裡一定有天竺葵。

星期天，我吃完午餐，拿著答錄機的錄音帶去公園。

在公園等了一會兒，山下也來了。因爲我們約好下午一點在這裡見面。山下帶了他爸爸在工作時使用的小型錄音機。我家答錄機用的錄音帶比普通的錄音帶小，一般的錄音機無法播放。

我和山下去了附近所有的花店，首先問店員最近有沒有人買天竺葵，如果有的話，就請店員聽錄音帶，然後問店員有沒有聽過這個聲音。

只不過這個作戰方法並不順利，大部分店員甚至不記得最近有沒有人買天竺葵。雖然小學生不該說這種話，但我還是覺得工讀生眞的太差勁了。

走了十家花店，兩條腿有點痠了，我們走進一家名叫田中鮮花店的小店，店裡有一個禿頭的大叔。

「天竺葵嗎？嗯，偶爾會有人買啊，但並沒有很多客人買，如果是老主顧來買，我應該記得。」

大叔很親切，可能剛好很閒吧。

我拿出錄音機，讓他聽了答錄機的留言，問他有沒有聽過這個聲音。

「喔，應該是佐藤太太。」

大叔用力拍著手。

「你認識她？」我問。

「認識啊，因爲她經常來買花，但這一陣子都沒看到她。你們等一下，我去確認一下。」

說完，大叔對著屋內叫了一聲。不一會兒，一個胖大嬸走了出來。
大叔把我們的情況告訴了大嬸，我們又播放了一次錄音帶。
大嬸原本一臉意興闌珊的表情，但聽到錄音帶的聲音後，露出凝重的表情反問我們：
「這個錄音帶是怎麼回事？」
「呃，這是三天前打來我們家的電話。」
我回答說。
大嬸聽了我的回答，臉上的表情更凝重了。
「聲音很像，但並不是佐藤太太。」
「為什麼？那就是佐藤太太的聲音啊，她之前不是買了天竺葵嗎？」
大叔有點生氣地說。
「但不可能是她。」
「因為這是三天前打的電話……」
大嬸看著我們說：「佐藤太太上個星期死了啊，出車禍……」

我和山下回到公園，把錄音機放在長椅上，然後我們分別坐在錄音機的兩側。

「你覺得是怎麼回事？」

山下問我。

「不知道，正因爲不知道，所以才在傷腦筋啊。」

「一個星期前死的人，怎麼可能在三天前打電話？絕對有問題。」

「嗯。」

「該不會……是那個？」

「哪個？」

「就是……幽靈啊。」

「什麼！！」

「會不會是死人變成幽靈，打電話到我們家裡？」

山下用可怕的聲音說。

雖然是夏天，但一陣寒意爬過我的背。

「別開玩笑了，這種事……怎麼可能會有這種事！」

「是嗎？但我曾經聽說，死人如果在這個世界上還有留戀，就會打電話。」

「別再說了，再說我要生氣囉。」

我站了起來，舉起拳頭做出準備打他的動作，但我的手上都是雞皮疙瘩。

其實我很怕幽靈或是鬼故事，每年夏天，電視上就會有很多這種電視劇，有時候不小心看到，半夜甚至不敢上廁所。

就在這時，聽到有人叫我的聲音。

「小林。」

回頭一看，朝倉知美揮著手跑向我們。她似乎剛上完補習班，手上拎了一個提包。

「你們在這裡幹嘛？」

朝倉問我們。

「沒幹嘛啊。」

我冷冷地回答，山下竟然對她說：「那通電話是幽靈打來的。」

「啊！你還說！」

我立刻瞪著山下，但已經來不及了。

「啊？什麼意思？聽起來很好玩，告訴我是怎麼回事。」

朝倉雙眼發亮。呿，女人爲什麼都很喜歡聽鬼故事？

山下把事情的來龍去脈告訴她時，她臉上的表情越來越興奮。

「那我們現在去那個佐藤家看看啊。」

朝倉對我們說。

「啊？爲什麼？」我問。

「因爲先確認一下電話的聲音到底是不是那個佐藤太太比較好吧？連這件事都沒有搞清楚，就說什麼可能是幽靈也沒有意義啊。」

「但是，要怎麼確認？」

「這種事，去了之後再想就好了啊。」

朝倉說完，看著我的臉笑了起來。

「哈哈，小林，你該不會以爲可能是幽靈打來的電話，所以在害怕嗎？」

山下也跟著一起笑了起來。

「什、什麼意思嘛！別說蠢話了，怎麼可能嘛？」

「那就走吧，沒什麼好怕的。」

「我才不怕呢，好，那就去啊。哼！你們才別想逃呢？」

我抬頭挺胸走了起來，但其實緊張得心跳不已。啊，怎麼會變成這樣？

4

問了花店的大叔後，我們很快找到了佐藤家。

那是位在住宅區內的一棟兩層樓白色洋房，玄關旁有一個小院子。

朝倉按了門柱上的對講機，但是沒有人應答。

「好像沒人在家，是不是改天再來比較好？」

我說道，但朝倉和山下探頭張望著。

「啊，你們看那個。」

朝倉指著庭院，房子的窗戶旁有一盆盆栽，開了幾朵紅色的花。

「那就是天竺葵。」

「啊，真的嗎？」

我忍不住問道，朝倉和山下擅自打開了庭院的門走了進去。

「喂，不要隨便闖進別人家裡。」

雖然我這麼說，但也無可奈何地跟了進去。

我和山下、朝倉一起低頭看著那盆盆栽，紅色的花瓣，葉子上有棕色的斑點，和百科全書上寫的一樣。真的是天竺葵。

「電話果然是幽靈打來的嗎？」

山下問。

「怎麼可能？這個世界上哪裡有什麼幽靈？」

正當我大聲怒斥時，身後傳來一個聲音。

「不要碰我媽媽的花！」

我們同時轉過頭，看到一個小學三年級的小不點抱著足球站在那裡，惡狠狠地瞪著我們。

「你住在這裡？」

朝倉輕聲細語地問道，小不點氣鼓鼓地點了點頭。

「那你有沒有聽過這個聲音？」

說完，她向山下使了一個眼色，山下立刻按了錄音機的開關。

錄音機傳出那個女人的聲音，小不點立刻一臉快哭出來的表情。

「是媽媽，是媽媽的聲音。」

「果然……」

山下看著我。他想要說，果然是幽靈。

小不點巡視著我們三個人。

「這是怎麼回事？爲什麼你們有錄了媽媽聲音的錄音帶？」

「你問我們爲什麼，我們也很傷腦筋，因爲我們也不知道是怎麼回事。」

山下抓著頭。

「這個聲音眞的是你媽媽嗎？絕對沒錯嗎？」

朝倉再度確認，小不點用力點了點頭。

「絕對沒錯，因爲那天就是吃咖哩。」

「那天？」

「就是……媽媽死的那一天。」

小不點說完低下了頭，低聲啜泣起來。

山下在我耳邊小聲地說：

「一定是幽靈打來的，因爲很掛念死前做的咖哩，所以才會打電話。」

我怒目相向。

「別胡說八道！怎麼可能有這種事？」

雖然我嘴上這麼說，但還是緊張得心跳不已。

「是喔，原來你媽媽在你們家吃咖哩的那一天去世了，那天你媽媽沒有打電話回家嗎？」

朝倉問。

「沒有。」

小不點哭著回答。

「是喔，原來是這樣，我終於瞭解了。」

朝倉抱著雙臂，好像推理劇中的偵探一樣，用食指和大拇指摸著下巴，連續點了好幾次頭。

「怎麼了？妳瞭解什麼？」

我嘟著嘴問。

「我瞭解了幽靈是怎麼回事，但還有小問題要確認一下。弟弟，你可不可以告訴我，你家的電話是幾號？」

朝倉問小不點。

小不點小聲地說了號碼。×××-6996。朝倉從手提包裡拿出筆記本和自動鉛筆記了下來。

「妳幹嘛要問他家電話？」

我問，朝倉對我露齒一笑，然後得意地說：

「這是重要的線索，走吧。」

「走？走去哪裡？」

「當然是我家啊。」

朝倉說完，邁開大步走了起來。我雖然搞不清楚是怎麼回事，但和山下兩個人一起追了上去。

隔天星期一，我一到學校，就在教室內巡視。森本那傢伙坐在窗邊第三排座位上，他平時不怎麼起眼，但功課很不錯。

我站在森本的課桌旁。

「喂，森本！」

「幹嘛？」

森本抬頭看著我。

「惡作劇電話是你打的，對不對？」

森本聽到我這麼說，頓時露出慌張的表情，但仍然想要裝傻。

「我不知道你在說什麼。」

「別裝傻了，我已經知道是你幹的，你趕快說實話。」

「我不是說我不知道嗎？別在那裡胡說八道。」

因爲我們說話很大聲，所以班上的其他同學都圍了過來，他們似乎以爲我們在吵架。

「森本，你趕快說實話，只要你說實話，我就不生氣。不，原本我應該很生氣，但這次特別原諒你，因爲我有一件事要拜託你。」

原本賭氣地把頭轉到一旁的森本露出好奇的表情。

我又接著說：

「我希望你把錄音帶交給我，那種東西，你留著也沒用吧？你不覺得送給會一輩子把它當寶貝的人更有意義嗎？」

森本似乎仍然在懷疑，他問：

「這句話是什麼意思？」

「那個女人在你家的答錄機留言後車禍身亡了。」

「啊……」

「所以，對那個女人的家人來說，那是她最後留下的聲音。」

森本很驚訝，剛才因爲激動而漲紅的臉漸漸發白。

「眞的嗎？」

「我沒騙你，錄音帶在哪裡？」

「家裡……在我家裡。」

「你沒有刪除那個女人的聲音吧？」

「嗯，沒有。」

森本輕輕點了點頭。

這時，身旁傳來一個聲音。

「啊，太好了。」

朝倉知美在胸前握著手。

5

那個女人想要打電話回家，結果撥錯了電話。如果對方家裡有人，應該會馬上發現打錯電話，但剛好家裡沒有人，所以就切換到答錄機。

那個女人以爲是自己家，所以就留了言。

聽到留言的人想到可以用來惡作劇。他到處打電話，聽到答錄機，就播放錄音帶的聲音，結果我和山下，還有其他人就上當了。

推理到這裡，就不難找到是誰幹的。佐藤家的電話是×××-6996，所以只要找和這個電話相似的電話就好。因爲只有我們班上的人上當，所以猜想是班上有人惡作劇，確認了全班的通訊錄後，發現森本家的電話和佐藤家前面相同，後面是6696，於是就知道是他幹的。這件事讓我有點不爽，因爲不是我推理出來，而是朝倉。話說回來，偶爾也會有這種事啦。

放學後，我拿了森本給我的錄音帶，和朝倉、山下一起去了佐藤家。因爲事先已經打電話聯絡，所以那個小不點和他爸爸在家裡等我們。小不點名叫佐藤則彥，但叫他小不點就好。

我們在他們面前播放了錄音帶，錄音帶播放的聲音比我的錄音帶中的聲音更清楚。

「則彥，眞的是媽媽的聲音。」

叔叔用壓抑的聲音說道，搖著小不點的肩膀。

「嗯，是媽媽的聲音。」

小不點很有精神地回答。

我拿出錄音帶，交給叔叔。

「這個送給你們，我們留著也沒有用處。」

叔叔接過錄音帶說：

「謝謝，我們做夢也沒有想到可以聽到她最後的聲音，我們一定會好好珍藏。」

說完，他連連向我們鞠躬。

聽叔叔說，小不點的媽媽每個星期要去探視生病的爺爺，上個星期從醫院回家路上發生車禍，被大貨車撞到。叔叔說，小不點的媽媽可能急著趕回家，才會發生意外。

叔叔和小不點送我們到門外。

這時，小不點手上拿著灑水壺。我正感到納悶，發現他原來要爲天竺葵澆水。

看到這一幕，我差一點流淚，覺得要好好對待媽媽。

我和山下、朝倉道別後，馬上跑回了家。

媽媽正在廚房。

「媽媽，」我站在媽媽身後說，「希望妳永遠都健健康康。」

我以爲媽媽聽到這句話，一定會感動不已，沒想到結果完全相反。

「龍太，你剛才跑去哪裡鬼混了？老師打電話來家裡，你又考零分了。你眞是太沒出息了，趕快去寫功課！」

媽媽一臉凶神惡煞地對著我咆哮。

我嚇得落荒而逃，沒關係，只要媽媽在，就是幸福。

只不過眞希望媽媽可以稍微溫柔一點。

〈完〉

解說

細谷正亮

東野圭吾已經成爲文壇屹立不搖的暢銷作家，我有資格爲他的作品寫解說嗎？以前，我對東野圭吾這位作家的印象，就像是「雖然有七彩變化球，卻缺乏致勝球的投手」。啊啊啊，各位東野迷，請不要對我丟石頭，先讓我仔細說分明。

七彩變化球是指創作風格豐富多彩。一九八五年，東野圭吾以《放學後》獲得第三十一屆江戶川亂步獎後，以本格派推理、運動、科幻、冒險、黑色幽默和推理爲核心，向全方位挑戰。身爲出色的作家，東野圭吾不願意停留在某個領域而感到滿足，然而，正因爲作者有如此豐富多彩的作品，所以讓人難以掌握作者的路線。當然，像是《鳥人計畫》（一九八九年）、《分身》（一九九三年）都是作者非常優秀的作品，至於能不能說是作者的代表作（致勝球），則讓人不免猶豫。因爲除此以外，還有許多有趣的作品。豐富多彩的作品中，每一部都是高水準之作，反而讓我對東野圭吾這位作家產生了「沒有代表作的作家」這樣的印象，實在有點諷刺。

我知道自己很多管閒事，但我始終默默希望東野圭吾能夠寫出一部眾人都一致推崇「就是這一本！」的代表作。然而，這終究只是小人物丟人現眼的想法。東野圭吾這位作家的格局更大。隨著《秘密》（一九九八年）的暢銷，和之後的《白夜行》（一九九九年）的出版，東野圭吾已經成爲七彩變化球都成爲致勝球的神奇投手，不，是神奇作家。除此之外，作者還掌握了少年推理這個新的變化球。這就是本書《冷酷的代課老師》。《冷酷的代課老師》是將之前在學習研究社的學習雜誌《五年級的學習》和《六年級的學習》上連載的系列作品，經過大幅修改之後出版的文庫小說。只要看日本版卷末的一覽表就可以知道，在系列作品完成的四年後，才出版文庫小說。雖然因爲各種因素，延誤了出版日期，但能夠出版成冊，還是令人高興的事。

在談論各篇作品之前，先介紹一下主角。本作的主角「我」是二十五歲的年輕男子，夢想成爲推理作家，爲了讓自己有足夠的時間寫作投稿，所以在小學當代課老師。「我」的個性冷酷，對小孩子也一樣。值得特別一提的是，作品中並沒有提到「我」的名字。別人是無名私家偵探，「我」是無名代課老師。

推理小說迷在發現書中沒有出現主角的名字時，就應該已經清楚發現到了。沒錯，本書的基本是冷硬派推理（希望各位讀者能夠留意書名中「冷酷」這兩個字）。再補充一點，在冷硬派推理的西部片中，經常可以看到漂泊人（代課老師）來到某個城鎮（小學），解決各種案子後離去這種模式。由此可以發現，作者用冷硬派的手法來寫少年推理的意圖。少年推理和冷硬派推理幾乎是油和水的關係，作者到底有什麼意圖，要將這兩者結合呢？這個問題將在之後討論，先來談談第一篇的「6×3」。

「我」代替請產假的老師，成爲一文字小學五年二班的班導師。在到任的第二天，就在體育館內發現了另一位老師遭人殺害的屍體，而且命案現場還用記分板上的數字板，留下了「6×3」的死前訊息。「我」原本以爲是和自己毫無關係的事件，但從體育館內的運動器材遭到破壞的事實，和班上的霸凌問題，推理出令人意外的眞相。

雖然這部作品一開始就以聳動的命案拉開了序幕，但對於推理小說迷而言，著眼點當然在於被害人留下的死前訊息。既然是死前訊息，就讓人產生一個單純的疑問——爲什麼不留下凶手的名字，卻留下像是暗號的訊息？作者爲這個疑問準備了巧妙的答案。而且，在破解命案的同時，也解決了霸凌問題的手法精湛不已。透過事件和主角的言行，用自然的方式向孩子們傳達了教訓的訊息。這也是本系列的特徵和可看之處。

第二章「1／64」從二階堂小學發生的竊案中，發現了學生的秘密。某個集團擁有秘密這個推理小說中常見的點子套用在班級這個單位上，成爲作品的重點。

第三章「10×5＋5＋1」中，「我」成爲三葉小學五年三班的班導師，查出了前班導師意外死亡的眞相。班上的學生乖巧得有點異常、黑板上留下了奇怪的算式、意外身亡的老師行爲很不可思議。「我」將這些看似毫無關係的事實片斷集中在一起，發現了意外死亡的全貌。那一剎那的快感無可取代，也是推理小說的美妙之處。

從第四章「地選」開始，從原本在《五年級的學習》上的連載，改爲在《六年級的學習》上連載。「我」擔任四季小學六年二班的班導師，幫助了企圖跳樓自殺的學生，追查了班上流行的「地選」的秘密。眞實生活中，學生眞的有可能進行「地選」，這個點子本身就很出色，更値得矚目的是，主角在最後對學生說：

「每個人當然都有喜歡或討厭的人，但有一件事很確定，喜歡別人可以有很多益處，但討厭別人很少有什麼好處，所以根本不需要特地找出自己討厭的人。」

我認爲這番話中，「很少」這兩個字，讓人感受到主角，乃至作者的誠實。事實不正是如此嗎？「很少有什麼好處」，反過來說，偶爾也會有好處。時下的六年級學生，很可能會抓出這句話的語病，通常不會說「很少」，而是會說「絕對」。

然而，作者很清楚，世事無絕對，也瞭解世界上到處都存在著矛盾和缺德惡行。大人在瞭解現實的基礎上，誠實地和小孩子談論理想。我強烈地認爲，「很少」這兩個字，充分體現了現實和理想之間的拉扯。

第五章的「ム人タト」寫的是五輪小學發生的恐嚇信事件。別出心裁的設定，和精準掌握了「孩子心」的動機都非常出色，但應該有不少人曾經和寫恐嚇信的人有過相同的絕望。這個故事會勾起讀者對童年的回憶，讓人倍感懷念。

最後一章的「神的水」，是主角漂亮地解決了六角小學發生的保特瓶水中加有砒霜的事件。從「一文字小學」開始的故事，在「六角小學」結束。這種精心設計的玩興，很有作者的風格。主角說的話也很值得矚目。在破案之後，有一個學生問了一個問題，主角簡短地回答：

「所以目前的社會才會這麼亂。」

不愧是冷硬派的主角，所以才對小學生說這句話，但正因爲是冷硬派的主角，所以才能夠直接把現實告訴這些孩子。想要對小孩子說出眞心話，就需要將主角設定爲這樣的路線，這也正是作者將冷硬派推理和少年推理相結合的用意所在。

本書也收錄了〈尋找縱火犯〉和〈幽靈打來的電話〉這兩則以小學生小林龍太爲主角的故事。〈尋找縱火犯〉中，龍太識破了縱火犯狡猾的手法；〈幽靈打來的電話〉中的答錄機之謎，昇華爲一個感人的故事。兩者雖然有不同的味道，但都值得一讀，希望讀者也能盡情享受本書的特典詭計。

也許是畫蛇添足，但最後還想說一件事。《冷酷的代課老師》系列作品當初在雜誌上發表時，因爲有殺人和外遇的情節，所以曾經遭到家長的抗議。簡直太荒唐可笑了，重要的並不是出現了殺人和外遇的情節，而是如何對待這些問題。藉由故事讓孩子瞭解，什麼是正確，什麼是錯誤才是重要的事。雖然不需要我重申，但這部作品完美地掌握了這些重點，是一部非常優秀的少年推理，無論大人、小孩都值得一看，希望能夠有更多人閱讀這部作品。

春日
ハルヒブンコ
文庫
36

冷酷的代課老師 おれは非情勤

冷酷的代課老師 / 東野圭吾著 ; 王蘊潔譯. — 初版.
— 臺北市 : 春天出版國際, 2016.10
面 ; 公分. — (春日文庫 ; 36)
譯自 : おれは非情勤
ISBN 978-986-5607-69-2 (平裝)
861.57 105016261

ISBN 978-986-5607-69-2
Printed in Taiwan

作　　者　東野圭吾
譯　　者　王蘊潔
總 編 輯　莊宜勳
主　　編　鍾靈

出 版 者　春天出版國際文化有限公司
地　　址　台北市大安區忠孝東路4段303號4樓之1
電　　話　02-7733-4070
傳　　真　02-7733-4069
E－mail　story@bookspring.com.tw
網　　址　http://www.bookspring.com.tw
部 落 格　http://blog.pixnet.net/bookspring
郵政帳號　19705538
戶　　名　春天出版國際文化有限公司
法律顧問　蕭顯忠律師事務所
出版日期　二〇一六年十月初版
　　　　　二〇二二年一月二版二刷

定　　價　260元

總 經 銷　楨德圖書事業有限公司
地　　址　新北市新店區中興路二段196號8樓
電　　話　02-8919-3186
傳　　真　02-8914-5524
香港總代理　一代匯集
地　　址　九龍旺角塘尾道64號 龍駒企業大廈10 B&D室
電　　話　852-2783-8102
傳　　真　852-2396-0050